Revenge

Les voies du destin

Alexandra Mac Kargan

Revenge

ISBN-13: 978-1548166137
ISBN-10: 1548166138

DÉDICACES

À Cherylin A. Nash, ma marraine d'écriture, sans qui je n'aurais jamais écrit une ligne. Merci d'être toi : lumineuse, sensible et solide à la fois. Patiente aussi... ;-)

À Lou Jazz, pour ses analyses et commentaires toujours pertinents : merci de partager ton regard différent.

À ma chérie pour son soutien sans faille, pour être mon phare dans la nuit. Pour que cette année soit une nouvelle étape dans la complicité, la sérénité et l'amour éternel.

Revenge

NOTE D'INTENTION

Dans le tunnel le plus sombre, la note d'espoir est toujours de l'ordre du possible. Encore faut-il accepter de la voir...

À toutes les personnes qui se reconnaîtront un peu dans Alex ou Sam : l'espoir est au bout de la route, pour peu que vous acceptiez, un pas après l'autre, de faire le chemin.

Accès aux chapitres

Alexandra Mac Kargan

1 - La rencontre

Paris, devant le palais de justice.

Deux ans ! Deux ans que j'ai perdu Julia dans un stupide accident de voiture. Parce qu'une gamine de vingt-trois ans a pris le volant complètement alcoolisée, en pleine nuit. La scène se rejoue sans cesse dans des cauchemars qui se répètent inlassablement, nuit après nuit, et chaque fois que mon esprit inoccupé divague. J'essaie de me souvenir de nos moments de joie, de son rire communicatif, de sa soif de vivre et de profiter de chaque instant à cent pour cent. À deux mille pour cent comme elle disait ! Et inévitablement, je reviens à cette nuit maudite. Son visage ensanglanté se superpose aux images de bonheur et son sourire disparaît.

Y penser aujourd'hui, ça ne change pas grand-chose. Mais aujourd'hui plus encore, je sens la haine qui envahit mon cœur et mon corps. Pour la première fois, je vais rencontrer l'assassin de ma femme, cette gamine qui a détruit nos vies. On s'aimait, on travaillait ensemble pour la protection de la faune et la flore, l'avenir nous appartenait. Jusqu'à cette nuit sans nom où un monstre d'égoïsme, d'immaturité, d'irresponsabilité a percuté notre voiture. Toujours les mêmes images, les mêmes sensations : le carrefour, le feu qui passe au vert, Julia qui démarre, pied au plancher comme d'habitude, des phares qui m'éblouissent, le choc, son visage en sang, puis le néant.

J'ai survécu à l'accident, je ne sais pas encore comment. Je ne sais même pas pourquoi. Comment vais-je survivre à cette journée ? La voir, être à quelques mètres d'elle, c'est inconcevable ! Un juge a décidé de nous réunir dans son bureau. Pourquoi ? Mystère et boule de gomme ! Mon cœur bat la chamade rien qu'à cette idée. La haine fait monter l'adrénaline. Je ne veux pas y aller. Je ne peux pas y aller. Et pourtant, je n'ai pas le choix : si je ne me présente pas, il abandonne les poursuites. Je n'y crois pas vraiment, il ne peut pas relaxer un assassin comme ça. Mais voilà, je ne peux pas prendre le risque.

Julia, aide-moi ! Toi, tu aurais su le faire. Et je t'entends me répondre : « Alexandra Marie Allen, cesse de te lamenter et bouge tes fesses. Le devoir t'appelle ! ».

Le devoir, je m'en fous. Mais te venger, ça, oui, je le veux ! Ne serait-ce que pour continuer à voir ton fantôme dans mes rêves… de nuit comme de jour. C'est tout ce qu'il me reste de toi.

« Revenge[1] », c'est ce que tu me disais quand tu perdais nos parties de poker. Ta vengeance, c'est dans

---

[1] Vengeance

nos ébats que tu la prenais. Douce vengeance ! Mais aujourd'hui, ce mot acquiert une autre saveur : elle doit payer ! Amère vengeance.

***

— Enfin, te voilà ! Ça fait trente minutes que je t'attends !

Ma charmante avocate, Carla Sachetti, accessoirement mon ex. Sans elle et sa femme, je me serais laissé mourir sur mon lit d'hôpital. Je ne sais toujours pas si je lui en veux ou non de m'avoir ramenée vers la vie. Enfin bref, ce n'est pas le jour.

— Bonjour à toi aussi. Je ne suis pourtant pas en retard.
— Certes. Je devais te parler avant qu'on entre. Je…

Oh ! Carla qui cherche ses mots. Voilà qui n'est pas banal. Cela m'amuserait presque.

— Je ne sais pas ce que mijote le juge. Je voulais juste m'assurer que tu resteras calme quoi qu'il advienne. On fera appel si cela ne tourne pas à notre avantage.
— Sérieux ? Tu t'inquiètes ? Y'a quelque chose que tu ne m'as pas dit ?
— Non. Mais j'ai une sensation bizarre.

Ah! Carla et ses intuitions. Généralement, cela n'annonce rien de bon. Je la dévisage incrédule. Elle est vraiment stressée. Ses traits sont tendus. Toujours plus belle malgré ses quarante ans. Son regard évite le mien.

— J'ai confiance en toi, Carla.
— Oui. Moi aussi. On y va. On reste sereines.

Cette fois, ses yeux verts me scrutent. Elle semble rassurée par mon calme apparent. Pas moi.

Mon regard dévie de quelques centimètres. Elle est là. Avec son avocat. Ses traits sont gravés dans ma mémoire, je ne risque pas de me tromper. L'affaire a fait la Une des journaux télévisés et autres. Ils montent les marches. Carla qui a suivi mon regard me prend par le bras pour leur emboîter le pas. Elle me tient fermement et je m'agrippe à elle comme à une bouée. Respirer. Lentement. Faire le vide. Le palais de justice nous absorbe. J'ai l'impression d'entrer dans un vortex. Je ne vois rien de ce qui m'entoure. Que du flou, un brouhaha informe. Mon regard accroche un miroir au détour d'un couloir. Une coupe courte élégante, des cheveux noirs, un visage hâlé fin et régulier, même pas la trentaine. Pantalon noir, chemise blanche, légèrement ouverte, veste cintrée. Pas de doute, c'est bien moi dans ce couloir. Et ce pendentif à mon cou qui m'identifie plus que tout autre : un chardon en améthyste et argent entouré d'un cœur, très classe. Le premier cadeau de Julia : celui qu'elle faisait à tous ces vrais amis. Une promesse éternelle de fidélité.

Le greffier nous attend devant la porte. Il nous fait entrer. Elle est assise devant le bureau du juge tout à gauche. Son avocat est entre nous. Elle observe ses mains avec une grande attention et ne lève pas la tête. Son attitude attise ma colère. Mais je discerne un peu de soulagement aussi. Je ne suis pas prête à affronter son regard calmement.

— Maître Sachetti, Madame Allen, prenez place, je vous prie.

Le juge Rompoy. La quarantaine, genre intellectuel arrogant, la coqueluche des médias, on lui prête des ambitions politiques. Tout ce que j'aime. En plus, il détaille Carla d'une façon ! Un prédateur face à une séductrice née. Tu vas te casser tes belles dents, mon coco. Carla ne fait que jouer de ses atouts. Et Dieu sait qu'elle sait y faire ! Elle ne quitte pas son regard. Jeu d'influence. Tout cela m'ennuie.

— Bien. Inutile de faire les présentations, tout le monde se connaît. Nous sommes donc ici pour statuer sur le cas de Madame Samantha Juris. Petit rappel des faits : Madame Juris a provoqué, en état d'ivresse, l'accident qui a causé la mort de Madame Julia Sander, épouse de Madame Allen. Suite à l'instruction et selon les lois en vigueur, j'ai le choix entre une inculpation pour meurtre ou l'abandon des poursuites.

Alors qu'il nous regarde pour évaluer l'effet de son

speech[2], les doigts de Carla sur mon bras me dissuadent clairement de prendre la parole. Et pourtant, j'en ai des choses à dire. Ma main droite se pose sur mon pendentif.

— Mais considérant les faits et les circonstances, ces choix ne me satisfont pas. J'ai donc obtenu du parquet l'autorisation d'emprunter une troisième voie expérimentale.

Il tient son auditoire en haleine et il jubile cet imbécile. Elle n'a toujours pas bougé et ne le regarde pas. Il est déçu. Presque comique.

— En conséquence, je propose à Madame Juris une période probatoire de six mois pendant laquelle elle sera à l'entière disposition de Madame Allen pour compenser les torts qu'elle a causés.

— Non, mais sérieux ? Vous croyez qu'en six mois elle peut ramener ma femme à la vie ?

Je me suis levée. J'ai l'impression que ma tête va exploser. Mon rythme cardiaque s'affole. C'est un cauchemar, pas la réalité. Carla, dis-moi que je rêve ! Elle me rassoit de force sur la chaise tandis que l'avocat adverse s'est remis de sa surprise :

— Monsieur le Juge, je ne comprends pas bien l'intérêt de la chose. Que peut faire ma cliente pour

---

[2] Discours

réparer ce qui ne peut l'être ?

— Rien, effectivement. Mais la mort de Madame Sander n'est pas le seul «dégât» dans l'affaire. Madame Allen a subi d'autres préjudices. Notamment, un traumatisme au niveau de la main et de l'avant-bras droit qui aujourd'hui encore lui laissent des séquelles. Votre cliente aura à charge de lui faciliter la vie quotidienne.

— Mais à raison de combien d'heures par jour ?

— Vingt-quatre heures sur vingt-quatre. Il ne s'agit pas d'un travail, mais d'une période probatoire avec contrainte. Elle devra donc vivre chez Madame Allen qui lui assurera le gîte et le couvert.

— Et vous pensez que je vais amener l'assassin de ma femme dans sa maison ? Vous espérez que je vais… Même pas en rêve !

Carla vient de me broyer le bras. Elle reprend :

— Ce que vous demandez à ma cliente semble au-dessus de ses forces et nous pouvons la comprendre. En plus, elle a les moyens de se payer toute l'assistance dont elle aurait besoin. Je pense qu'une inculpation est préférable pour toutes les parties. Chacun pourra défendre ses intérêts lors d'un procès équitable.

— Cela ne sera pas possible.

— Comment cela ?

— Voyez-vous, il se trouve que pour des raisons personnelles, je tiens beaucoup à cette expérience. Si votre cliente refuse, Madame Juris sera libre et toutes les poursuites seront abandonnées et j'userai de mes appuis pour que tout appel échoue. Vous me connaissez assez, Maître, pour savoir que mon « influence » dépasse largement le cadre de ce bureau.

— Monsieur le Juge, une personne mal intentionnée pourrait voir dans vos propos une tentative de chantage.

— Absolument pas, Maître. Je ne fais que vous informer, vous et la partie adverse, de la réalité des faits.

— Et dans l'hypothèse où Madame Juris refuserait ?

— Dans ce cas… ajoute-t-il, en se tournant vers elle et son avocat. Ce sera une inculpation pour meurtre avec mandat de dépôt.

— Monsieur le Juge ! Je proteste ! Ma cliente ne mérite pas un tel traitement !

— Le juge, c'est moi ! Et c'est moi qui décide, en toute indépendance, et en toute impartialité. J'ai décidé. À vos clientes de choisir leur destin.

Il nous regarde les uns après les autres, fier de lui. Je vais lui casser sa belle gueule d'enfoiré ! Je me lève précipitamment, mais Carla a été plus rapide et s'est placée entre lui et moi.

— Monsieur le Juge, je souhaite parler à ma cliente en privé.

— Faites donc, Maître, faites donc.

***

Quelques couloirs plus tard, nous voilà seules dans

une salle. Une table, quatre chaises, des murs blancs. Je préfère rester debout. Carla me fait face sans me voir. Je connais ce regard : elle cogite.

— Carla, dis-moi que tu vas arrêter cette folie.
— Je dois passer un coup de fil.

Bon, elle a une piste. Je m'y raccroche. Un ballon d'oxygène dans ce marais putride. Non, mais, il a fumé la moquette ce juge. Comme si je pouvais amener cette femme chez Julia… chez nous. Là où nous profitions de la majorité de notre temps libre. Là où notre amour s'est exprimé avec force et passion. Là où chaque pièce recèle les images fantômes de cette vie de rêve. Ne pas m'effondrer. Ne pas pleurer. Respirer. Carla va trouver la solution. Elle raccroche.

— Alex, il faut qu'on parle.
— Je t'écoute.
— Je ne peux rien faire pour changer la donne. Il a tout verrouillé. Il n'y a pas de faille dans son plan et il a tous les soutiens possibles. Je suis désolée.
— Tu n'es pas sérieuse ? Tu n'es pas en train de me suggérer que je dois emmener l'assassin de ma femme dans sa maison, là où elle est enterrée ?
— Non, je ne ferai pas ça parce que le choix t'appartient. À toi et à toi seule. Après…
— Après ?
— Il est encore possible qu'elle renonce et qu'elle préfère l'incarcération.
— Vu la façon dont tu le dis, tu n'y crois pas !

— Son avocat va essayer de la convaincre. Elle passera quelques nuits en prison, mais il pourra la faire sortir rapidement.

— Pardon ?

— Je n'ai pas jugé utile de t'informer de certains détails. Maintenant vu la situation, je pense qu'il y a des choses que tu dois savoir.

Elle s'arrête et me regarde incertaine. Je crains le pire. Carla n'hésite jamais. Elle prend mes mains dans les siennes et me pousse à m'asseoir. Et elle me débite sa tirade à toute allure, histoire que… je ne hurle pas ?

— Il y a des pièces dans le dossier dont tu n'as pas eu connaissance. Non, ne dis rien. Écoute-moi. Je suis ton avocate, mais aussi ton amie. Et il est temps de mettre les choses à plat. La décision t'appartient, mais, pour cela, tu dois prendre de la hauteur et considérer la situation dans son ensemble. Et si je fais ça, en toute objectivité, je suis obligée de constater que ce qui s'est passé est un malheureux accident et que sa responsabilité est limitée.

— Limitée ? Limitée ? Elle était ivre !

— Son taux d'alcoolémie était supérieur à la loi, certes, mais juste au-dessus. Pas de quoi lui faire perdre toute lucidité ou tout sens de la mesure. D'ailleurs, elle respectait les limitations.

— Elle a grillé le feu ! Et vu sa vitesse, elle n'a jamais eu l'intention de s'arrêter. Elle a volontairement et délibérément foncé dans le carrefour sans tenir compte des autres ! Aucune trace de freinage !

— Elle était accompagnée dans la voiture apparemment, mais elle est la seule à être restée pour appeler les secours. Elle t'a sauvé la vie, Alex.

— Génial ! Elle m'a séparée de Julia non pas une, mais deux fois !

Elle me regarde, embarrassée. Elle a quelque chose à dire, mais se tait.

— Quoi encore ?

— Elle soutient que le feu était vert.

— Trop facile ! On était à l'arrêt quand il est passé au vert de notre côté donc c'est impossible. C'est une fieffée menteuse !

— Je lui ai parlé.

— Tu lui as parlé ? Comment ça, tu lui as parlé ?

— Je ne t'en ai rien dit parce que je me doutais que ça ne te plairait pas et que de toute façon cela ne t'apporterait rien. Mais en tant qu'avocate, je devais savoir à qui j'avais affaire, avoir sa version sans intermédiaire. Cette histoire de feu n'est pas nette. Je sens quand on me baratine et elle était sincère.

— Évidemment, puisqu'elle était ivre. Elle a vu vert quand c'était rouge. La boucle est bouclée.

— Ton opinion est arrêtée, je le comprends. Mais un jury pourrait réagir différemment. En plus…

— En plus ?

— Non rien.

Que ne dit-elle pas ? Ben, je crois que j'en ai assez entendu de toute façon et je n'ai pas envie d'en savoir plus. Je me lève et je fais les cent pas dans la pièce exiguë. J'ai plutôt envie de hurler, mais au fond la situation est limpide. Je lui fais face. Son regard accroche le mien. La tendresse et l'affection qui s'en dégagent m'apaisent instantanément. Comme avant Julia. Je reformule plus calmement et quelque part soulagée par la tournure des évènements :

— En fait, tu es en train de me dire que je n'ai pas de décision à prendre. Elle va refuser.

— Ce serait logique de mon point de vue d'avocate et le sien va faire le forcing pour qu'elle accepte.

— Le forcing ? Elle n'est pas capable de voir où est son intérêt ? C'est une joueuse de poker ? Elle va bluffer et tabler sur mon abandon ?

— C'est plus compliqué que ça.

— Sans blague ? Comme si c'était possible !

— Elle m'a dit texto qu'elle était consciente de ses fautes, que si elle pouvait les réparer elle le ferait, quel qu'en soit le prix. Et c'est ce que le juge lui propose.

— Julia est morte ! Réparer ? Sérieux ? Réparer !

J'hallucine. Me voilà revenue au point de départ. Sauf que j'arpente les couloirs dans le sens inverse. Ironie de la chose. Le monde me paraît tourner à l'envers. Quelqu'un a inversé le sens de rotation de la Terre ? À nouveau devant cette porte. Carla se trompe. Elle ne peut pas être aussi stupide. Je sais que je n'aurai pas de décision à prendre. À condition d'avoir l'air convaincu et de paraître résolue ! La bluffeuse, c'est moi… Revenge, Julia ! Elle ira en prison !

2 - Poker menteur

Paris, bureau du juge.

Bis repetita. Nous voilà, à nouveau, tous assis face à l'abruti de service. Qui ne trouve rien de mieux à faire qu'être au téléphone pour parler de... planning ? Je rêve. Il nous fait mijoter et nous observe !

— Bien ! Mesdames, Maîtres, il est temps de faire vos choix. Qui souhaite prendre la parole ?

La meilleure défense, c'est l'attaque. Allons-y. La charge héroïque... ou désespérée. Je me lève et précise ma position :

— Je commence. Je voudrais qu'on soit bien d'accord sur les termes de l'arrangement et ses conséquences. Vous êtes conscient qu'elle est l'assassin de ma femme avec toute la haine que cela implique pour moi ? Je vous informe également du fait que je vis dans un endroit isolé, dans un pays étranger, avec personne sur cinquante kilomètres à la ronde, pas de secours à portée de voix, pas d'antenne téléphonique. Le désert de Gobi est une bonne image pour résumer la situation. Donc en clair, si vous maintenez votre position, vous me donnez tout pouvoir sur l'accusée. Un permis de tuer en quelque sorte ?

— N'exagérons rien. Vous avez effectivement tout pouvoir dans les limites de la légalité bien sûr.

— La légalité ? La loi n'existe que lorsqu'elle a les moyens de s'appliquer.

— Vous n'êtes pas à l'abri de la loi même dans votre coin perdu.

— Je vois que le sort de l'accusé vous importe peu, du moment que vous aurez matière à poursuivre. Bien qu'il me semble difficile de poursuivre une tombe. Mais je ne suis pas magistrate.

Il hésite un instant. Touché ? Carla s'engouffre dans la brèche.

— C'est un risque que vous ne pouvez prendre, Monsieur le Juge. Ma cliente est une femme désespérée de par le contexte. Vous ne pouvez préjuger de ses réactions si vous la mettez dans une situation aussi traumatisante compte tenu des circonstances. Vous aurez d'autres occasions plus sécurisantes pour votre expérimentation.

— Contrairement à ce que vous avez l'air de penser, j'ai pris la mesure du contexte que je crée et j'ai pesé le pour et le contre. Ce qui en ressort, c'est que votre cliente n'a aucun antécédent de violence, aucun délit, même aucune contravention à son passif. Je sais que vous bluffez, Madame Allen. C'est bien essayé, mais vous ne me ferez pas changer d'avis. De plus, Madame Juris parle couramment anglais, elle ne sera pas isolée par la langue.

La dernière cartouche :

— Bien. Puisque la vie de cette femme vous importe peu, finissons-en. J'accepte l'arrangement. Et je souhaite à l'accusée la bienvenue en enfer !

Je sais que j'en fais un peu trop, mais, si elle est impressionnable, cela doit faire son effet. Je me tourne vers elle en prononçant ma dernière phrase. Elle m'ignore toujours et j'ai la sensation qu'elle se tasse davantage sur son siège. Carla me regarde bizarrement. Si elle se pose des questions, c'est que je suis convaincante, non ?

Son avocat reste muet. Cela m'inquiète par contre. Il aurait dû réagir à mon discours. À moins que tout ne soit déjà joué et qu'elle ait renoncé : dans ce cas, il n'a rien à dire de plus. Il la regarde, attendant qu'elle se décide à parler. Le silence est opaque. Comme si un brouillard épais étouffait tous les bruits. Je suis toujours debout, bras croisés, dans une attitude de défi.

Voyant qu'elle ne se résout pas à intervenir, son avocat prend la parole :

— Monsieur le Juge, ma cliente refuse votre

proposition.

— Madame Juris, vous avez bien compris que ce choix vous conduit en prison dès cet instant ?

Elle essuie ses mains sur son pantalon et se lève au ralenti. Je vais enfin entendre le son de sa voix et relâcher pour de bon cette pression qui m'étouffe.

— Monsieur le Juge, j'ai bien compris les conséquences de mon refus et je suis prête à en assumer les...

Elle relève la tête. Son regard accroche le mien. Et là, je percute sur le « en plus » de Carla. Aucun jury ne la condamnera vu le dossier et ce putain de regard ! Bleu acier, magnétique, qui passe en dix secondes de la douleur à... la détermination ?

— ... et je ne suis pas prête à assumer ces conséquences. J'accepte votre proposition.

Elle se rassoit. Son avocat la dévisage bouche bée. Il n'a rien compris au film. Moi non plus. Carla reste imperturbable en apparence, mais je la connais suffisamment pour voir qu'elle réprime un sourire en coin. Je n'ai même pas la force de m'en offusquer. Je suis passée en dix secondes de « Oh, mon Dieu, elle va s'en tirer avec quelques malheureux jours de prison au lieu d'y finir sa vie » à « Oh mon Dieu ! Le pire est arrivé, Julia va me tuer ». Et comme Dieu n'existe pas, aucun risque que je sois en train de faire un cauchemar. Je suis empêtrée dans la triste réalité. Je n'ai même pas conscience de m'être assise entre-temps. Mon cerveau a activé la procédure de secours et gelé tous mes neurones.

— Bien. Nous voilà tous en phase ! Une bonne chose de faite. Je laisse vos avocats s'accorder pour la mise en œuvre pratique de cet arrangement. Il doit prendre effet dans les vingt-quatre heures. Voici ma carte avec mon numéro professionnel. Si l'une de vous renonce, vous appelez et cet enregistrement fera foi. À vous de jouer. Mesdames. Maîtres, je vous abandonne, on m'attend.

Avec un sourire satisfait, il nous laisse en plan. Carla fait signe à son confrère qu'elle le contactera et elle me tire par le bras. Nous sortons.

Je n'ai plus conscience de ce qui m'entoure. Mon esprit prend l'exacte mesure de la situation, avec une précision chirurgicale. Je vais devoir supporter cette fille pendant six mois. Je vais devoir maîtriser la haine qui m'habite. Je vais devoir empêcher mon cerveau de penser à tous les moyens que je pourrais trouver de m'en débarrasser et de me venger une fois pour toutes. Je vais devoir... ou pas. Car le pire est là : ce qui me retient à la vie, c'est de la voir payer pour ce qu'elle a détruit. Si elle disparaît, le petit juge sera bien emmerdé de se retrouver, non pas avec un, mais deux cadavres, et moi je serai enfin tranquille. Loin des folies de ce monde. Le brouillard qui obscurcit mon cerveau se dissipe et l'image de Julia s'impose à moi.

Elle me sourit et me fait non de la tête. Euh…
Comment ça : non ? Elle a disparu. J'avais les yeux
ouverts. Je l'ai vue ? Je l'ai rêvée ?

Je deviens folle. Mais tant qu'elle me visite encore
de temps en temps, je m'en fous. Une fois cette fille
dans sa maison, viendra-t-elle toujours me voir ?

3 - Confrontation

Banlieue parisienne, en voiture.

Je ressasse pendant tout le trajet. Nous voilà chez Carla. Fred est là, sur le pas de la porte de leur coquette villa. Image du bonheur parfait ? Elle est enceinte de quelques mois.

Elle m'embrasse, me prend dans ses bras. Je reste de glace. Intérieur, extérieur, tout est gelé, pas de sensation, pas de douleur. Carla nous fait entrer. Elle me « pose » dans le canapé et emmène Fred dans la cuisine « pour faire le café ». Je ferme les yeux. Elles chuchotent. Tout ça pour ça. Un an d'hôpital, où vous m'avez ramenée à la vie contre ma volonté, pour en arriver là. Les voies du destin sont impénétrables à ce qu'on dit. Elles te remettent surtout sur le bon chemin inlassablement. J'aurais dû mourir avec Julia. Tout est clair maintenant. Il faut juste qu'elles me laissent partir avec l'autre et seule. Pas question que qui que ce soit vienne perturber mes plans. Tout va bien. Je suis calme. Je maîtrise la situation. Zen, dirait Julia. Un mot provoque en moi un flux d'énergie : revenge ! Je rouvre les yeux. Elles sont en face de moi. C'est Fred qui attaque, tout en douceur :

— Comment te sens-tu ?

— Bien.

— Ne garde pas tout cela pour toi. Tu peux parler de ce que tu ressens quoi que cela puisse être. Tu sais que nous sommes là pour toi.

— Oui. Merci, mais je vais bien. Vraiment. Vous connaissez Sander House. Elle ne supportera pas une semaine là-bas. Elle préférera la prison.

— Et tu vas tolérer qu'elle rentre avec toi ?

— C'est certain. Je vais même prendre un malin plaisir à lui compliquer la vie.

Mon pauvre sourire doit être pathétique. Carla s'approche et pose son bras sur mes épaules.

— Tu n'es pas comme ça et tu le sais.

— Vraiment ? On a tous un côté sombre, Carla. Tu ne connais pas le mien. Ne t'inquiète pas. Je vais gérer au mieux.

Elles sont perplexes. Elles s'attendaient à tout autre chose. Il ne me reste plus qu'à assurer. Je ne vais pas pouvoir tenir toute la soirée.

— Désolée, les filles. Je suis vraiment crevée. Je crois qu'il est préférable que je me couche maintenant.

— Tu ne veux pas manger quelque chose ?

— Non. Je n'ai pas faim. Merci, Fred.

— Ta chambre est prête, ma belle. La même que d'habitude. Si tu changes d'avis, tu sais où est la cuisine.

— OK. Merci. Je… J'y vais. Demain, il fera jour.

J'ai passé trois mois dans cette chambre en sortant de l'hôpital. Elles ont voulu que j'y laisse des affaires. Je vais y trouver un pyjama. Réflexion faite, je m'allonge sur le lit toute habillée. Je suis vraiment épuisée. Il ne doit même pas être huit heures.

***

Julia est en train de mourir. Je ne peux pas bouger. Je fais un effort surhumain pour vaincre cette inertie ! Et je me retrouve assise dans un lit. Il fait nuit. Le réveil indique vingt et une heures et quelques. J'ai soif. Alors que je descends l'escalier, je m'arrête brusquement. Carla et Fred ne sont pas couchées. Je les aperçois posées devant la cheminée. Elles ne m'ont ni vue ni entendue. Je remonte ? La phrase de Fred me fige.

— … et tu crois qu'elle va pouvoir gérer la présence d'une intruse dans la maison de Julia ?

— Une simple intruse, sans doute. La femme dont elle pense qu'elle est son assassin, je ne sais pas.

— Mais tu n'imagines quand même pas qu'elle pourrait faire une bêtise ? Une grosse bêtise ?

— Alex est quelqu'un de rationnel. Mais ce maudit juge l'a mise dans une situation qui ferait péter un câble à n'importe qui.

— Tu vas avec elles pour voir comment ça se passe ?

— Je ne peux pas. Je dois impérativement recevoir Dylan pour finaliser son projet d'achat demain. En plus, les affaires, ce n'est pas mon domaine de prédilection, je vais devoir y consacrer un peu plus de temps.

— Je peux accompagner Alex.

— Certainement pas. Tu ne prendras pas l'avion avec le bébé pour te retrouver au fin fond de la lande écossaise sans médecin à cent kilomètres à la ronde !

— Euh, tu noircis beaucoup le tableau là.

— À peine. En tout cas, tout ce que je peux faire, c'est voir demain matin comment ça se passe et espérer que…

— Espérer quoi ?

— … un miracle ?

Je remonte sans faire de bruit. Je sais ce qu'il me reste à faire. J'adore les plans sans accroc.

***

Je regarde la ville défiler depuis la voiture de Carla. Nous allons vers l'aéroport. Elle a tout arrangé avec l'autre avocat. Cette fois, je suis au pied du mur. J'ai dressé un rempart d'indifférence entre le monde et moi. Je ne vois rien, je n'entends rien. Sourire factice. Je sais que Carla n'est pas dupe, mais elle respecte mon besoin d'espace. Mon plan n'a qu'une faille. Je vais lui faire du mal. À elle et à Fred. Ce n'est pas ce que je veux. Mais dois-je souffrir le martyre pour leur éviter cette peine ? Leur peine passera. Moi, je ne vois pas comment je pourrais retrouver un semblant de vie normale. Vivre indéfiniment sans Julia est au-delà de mes capacités. Et cela n'a même aucun intérêt.

On arrive dans l'aérogare. La liaison avec Inverness n'étant pas très fréquente, j'ai pris l'habitude de voyager en jet privé. Rien de luxueux, mais je me déplace ainsi avec un équipage que je connais et cela me dispense des salles d'embarquement dans les gros aéroports. Une fois garée, Carla reste assise et me regarde :

— Le contact aura lieu au pied de la passerelle. Tu ne pourras pas l'éviter, tu le sais, l'avion est trop petit pour ça. Elle ne te provoquera pas, c'est quelqu'un d'intelligent.

— …

— J'aimerais que tu me promettes de lui laisser une chance de te montrer qui elle est, mais je sais que tu ne le feras pas. Je le regrette. Pour toi d'abord. Tu n'as pas envie d'entendre cela, mais elle ne mérite pas ce qui lui arrive. Tu veux l'emmener en enfer avec toi. Moi, j'aimerais que, toi, tu sortes de cet enfer. Maintenant, il est temps de tourner la page.

Je ne dis rien. Elle n'attend pas de réponse. Je sais qu'elle n'y croit pas elle-même. On quitte la voiture et on entre dans le hall. On rejoint la salle d'embarquement. Je la cherche du regard, elle n'est pas là. Carla a dû la faire passer par l'autre salon. Logique. Les formalités sont faites. Une fois devant la porte d'accès au tarmac, Carla me prend dans ses bras et me serre très fort. Sa voix est enrouée :

— N'oublie pas qu'on t'aime. Quoi que tu fasses, quoi que tu dises, on sera là pour toi. Tu vas me manquer.

Je n'ai jamais vu Carla pleurer. Pourtant, j'essuie une larme sur sa joue. La tendresse, que j'ai toujours éprouvée pour elle, me submerge et je réponds à son étreinte.

— Tu vas me manquer aussi, ma belle. Dis à Fred de faire attention pour le bébé et de ne prendre aucun risque, sinon je viens lui botter les fesses ! Je vous aime.

Je m'arrache à ses bras. Elle a encore réussi à percer ma carapace. Je lui tourne le dos et franchis la porte pour ne pas m'effondrer. Avant de m'engouffrer dans la voiture qui m'emmènera vers la passerelle, je me retourne et lui envoie un bisou avec un sourire. Le sien me fait chaud au cœur. Je ne pouvais pas la laisser repartir dans la tristesse.

Je quitte le véhicule quand j'aperçois une deuxième voiture qui arrive. J'avance et me place au pied de la passerelle. Je monte ou je l'attends ? Sa porte ne s'ouvre pas. Je l'attends. Elle est seule avec le chauffeur. Va-t-elle lui demander de repartir ? Je revois son air déterminé à l'audience et je sais qu'elle ne renoncera pas.

Elle descend enfin tête baissée et referme la portière, dos à l'avion et à moi. Le moment approche. Le moment critique où nos regards vont se croiser pour la deuxième fois. Cette fois, ses iris sont franchement bleus. Incertains. Pas vraiment de la peur, mais quelque chose d'assez indéfinissable. Ses yeux dévient de quelques centimètres. Oh ! Pour le coup, c'est une peur panique qui inonde ses prunelles. Sa respiration s'accélère. Elle me regarde à nouveau, comme un appel au secours cette fois. Euh, j'ai loupé un épisode là ? Derrière, il n'y a que l'avion. Un petit aéronef avec des hélices. Elle en a peur ! C'est vrai qu'il ne paie pas de mine, à côté des gros jets commerciaux. Elle est blanche comme un linge. Je m'adresse à elle, ma voix est moins glaciale que je ne l'aurais voulu :

— On y va ?
— Je ne peux pas.
— Pardon ?
— L'avion…
— Oui ?
— C'est un vieux coucou. On doit traverser la manche. Ce n'est pas possible.

Je la regarde d'un air indigné.
— C'est un jet privé tout à fait moderne et qui remplit parfaitement toutes les conditions de sécurité et de confort.

— Sans doute. Mais je… enfin…

Sa peur n'est pas seulement liée à celui-ci. Elle a subi un crash ou c'est une première.

— Tu as déjà pris l'avion ?
— Non.
— Je me déplace souvent avec. Et celui-là en particulier. Je connais le pilote et l'équipage. Il est en parfait état et tous sont très compétents. Nous pouvons y monter en toute sécurité.

Son regard ne me quitte pas. Sa respiration s'apaise un peu. Elle observe l'engin, puis moi, de nouveau. La panique a reflué, la détermination refait surface. Les deux luttent encore. Je profite de l'amélioration :

— On y va.

Elle m'emboîte le pas après quelques secondes de doute, elle avance lentement. Elle s'arrête en bas de la passerelle. Je lui souris pour l'encourager. Elle monte avec une démarche hésitante, mais elle monte. Je passe la porte et l'hôtesse s'adresse à moi :

— Madame Allen, le commandant, l'équipage et moi-même sommes ravis de vous accueillir de nouveau à bord, vous et votre…

Elle bugge sur le visage de mon invitée et s'arrête soufflée. Bien sûr, elle sait qui m'accompagne puisque l'affaire a fait la Une des journaux. Elle me dévisage à la fois indignée et horrifiée. Je durcis mon regard. Le message est clair : je ne veux rien entendre. Pendant qu'elle reprend contenance, j'indique la porte à mon « invitée » et la dirige vers la cabine. L'avion dispose de huit sièges passagers, deux carrés de quatre de chaque côté de l'allée centrale. Comme d'habitude, j'investis le carré de droite. J'installe mon invitée sur le fauteuil intérieur dans le sens de la marche. Si elle doit être malade, c'est le meilleur endroit. Je m'assieds en face pour garder un œil sur elle. Elle est absorbée par ses mains. Elle est vraiment très crispée. Troublée aussi. Par l'accueil de l'hôtesse, je le parierais. J'ai pourtant évité l'esclandre. Je me lève. À nouveau, la panique dans son regard réclame mon attention :

— Tout va bien. Je vais parler au commandant. L'avion ne bougera pas tant que je ne serai pas revenue. D'accord ?

Elle fait visiblement un effort pour garder son calme, mais c'est compliqué. Au passage, je fais signe à l'hôtesse de m'accompagner dans le cockpit. Elle fait mine d'être très affairée, mais je ne suis pas d'humeur à supporter ses caprices. Elle entre à ma suite.

— Commandant ?
— Madame Allen, très heureux de vous revoir sur nos lignes. Vous connaissez le Capitaine Soren. Il sera mon copilote.
— Capitaine. Si je me souviens bien, notre dernier

vol a été un peu mouvementé.

— C'est exact. Beaucoup de turbulences ce jour-là.

— J'espère que cela ne sera pas le cas aujourd'hui, car mon invitée a une peur panique de l'avion.

— Nous ferons le maximum pour garder une navigation de tout confort et sans tangage.

— Bien. Je compte aussi sur une atmosphère paisible dans la cabine, quelle que soit l'identité de la jeune femme qui m'accompagne.

— Bien sûr. Cela va de soi.

Je fixe l'hôtesse. Elle est en colère. Je le sens. J'espère que l'explication qui va avoir lieu après mon départ va calmer le jeu. J'en doute.

Mon invitée est clairement soulagée de me voir revenir. Je repense au regard de l'hôtesse. Je ne peux pas prendre le risque d'un accrochage entre elles deux. Je lui demande donc de s'asseoir côté hublot et je me place côté allée centrale. Elle obtempère et ferme les yeux. L'hôtesse fait son apparition et expédie les consignes de sécurité. Elle tente de se contenir, mais elle est toujours en colère. Bien sûr, elle connaît Julia depuis longtemps. Elle nous fait face et remarque enfin le changement de siège. Son regard semble apaisé. Elle a capté le message : je vais faire tampon entre elles.

Bouclage des ceintures demandé. Je boucle. Évidemment avec des mains qui tremblent, elle n'y arrive pas. Je me tourne vers elle. À nouveau la panique dans ses yeux. Je réprime un soupir et j'écarte ses doigts, doucement. Je sécurise sa ceinture. Elle pose ses avant-bras sur les accoudoirs. Une légère secousse. L'avion commence sa progression vers la zone d'envol. Je vois sa main gauche se crisper. Nul doute que la droite fait de même. Le pilote amorce un virage. On est en bout de piste. Les moteurs prennent de la puissance. Décollage imminent. Ses phalanges sont blanches tellement elle oppresse l'accoudoir. Pffff…

Je pose ma paume sur le dos de sa main. Elle sursaute au contact. L'avion démarre. Elle retourne sa main et serre la mienne entre ses doigts. Elle ferme les yeux. Du pouce, je tente de la rassurer. Elle se détend un peu. Non, mais franchement! Elle a oublié que je lui ai promis l'enfer? Et c'est moi qui la calme. N'importe quoi! Enfin, c'est sûr que si elle me fait une crise cardiaque maintenant mes plans tombent à l'eau… L'avion décolle. En route vers l'enfer!

4 - Tandem

Inverness, The French.

Inverness, capitale des Highlands. The French : le Bed and breakfast de Jo. Jean de son nom français. Son épouse écossaise décédée, il a continué à s'occuper du B & B. Il aime recevoir des touristes de tous horizons, de tous âges. Il a un look de vieux loup de mer : un visage buriné, tanné par le soleil, des yeux bleus toujours malicieux, une crinière blanche indisciplinée. Je ne l'ai jamais vu s'emporter ou même se fâcher. Quand Emma est tombée malade, les affaires ont périclité. Julia a racheté la maison et épongé ses dettes pour que Jo ne se retrouve pas sans rien. Ensuite, il a repris la gestion du B & B. Julia lui a tout rendu par son testament. Je dois juste m'assurer régulièrement que tout va bien au niveau financier. Avec l'aide de Julia, il a aménagé une dépendance qui nous est réservée en principe, mais qu'il peut utiliser en cas d'affluence inhabituelle. Il n'a qu'à nous prévenir pour qu'on ne débarque pas à l'improviste.

J'ai appris à connaître Julia sur cette terrasse. Nous y avons eu des discussions passionnées et interminables. En cette fin d'après-midi, le Moray Firth, la baie de Moray, se pare de ses plus belles couleurs. Une lumière chaude qui avive le bleu de la mer, le vert des collines et le jaune des arbustes dont je ne retiens jamais le nom. Et cette fois, Julia n'est pas là pour me le rappeler l'air outré devant ce crime de lèse-majesté. Entre sourire et désespoir... Il n'y a pas un bruit. Une légère brise qui apporte l'odeur salée des embruns. Je pourrais fermer les yeux et croire que rien n'a changé. Que Julia va arriver avec nos pintes de Guinness. Ici, elle était apaisée, attentive, joueuse, amoureuse plus que partout ailleurs.

Mais non, ce temps-là est révolu. Voilà que je partage la terrasse avec... elle. Elle a eu la décence de s'asseoir à l'autre bout de l'espace quand même, mais elle est là. Je ne voulais pas l'amener ici, mais avais-je le choix ? J'avais prévenu Jo que je passerais au retour. Et dans deux jours a lieu le Marathon du Loch Ness : tous les hébergements des environs sont archicomplets. J'aurais pu partir directement, mais elle a fini le trajet en avion complètement épuisée nerveusement. Si je l'achève avant d'arriver, ça ne va pas le faire. Quoique... ici, cela n'a pas été de tout repos non plus. Un taxi nous a déposées avec nos bagages. Jo nous a accueillies avec un sourire éclatant. Le temps de la voir, de remettre son visage. Elle s'est décomposée quand le sourire de Jo s'est effacé. Je crois qu'elle commence à comprendre qu'elle entre en territoire ennemi : ce sont tous les amis de Julia qu'elle va côtoyer. Je ne suis que la face émergée de l'iceberg. C'est amusant : je peux lire ses émotions sur son visage comme dans un livre ouvert. Même avec la réserve dont elle ne se départit pas, son trouble est évident. Un instant, Jo m'a regardée, interrogateur. Je n'ai rien dit, rien exprimé. Il s'est à nouveau tourné vers elle, est resté impassible quelques secondes. Puis il lui a tendu la main, lui a souhaité la bienvenue et nous a invitées à le suivre vers la dépendance.

Je connais Jo. Il me connaît. Il connaît l'historique. La situation l'intrigue, c'est certain. Il attend d'en savoir plus. Heureusement, le bâtiment compte deux chambres séparées. J'ai pu prendre un peu de repos. J'en avais besoin aussi après cette journée.

Le soleil décline. Le ciel se teinte peu à peu d'orange, la mer s'assombrit. Comme mon humeur. Je me lève pour rentrer. Elle m'interroge silencieusement. Un regard noir la dissuade de me suivre. Je ne dînerai pas ce soir. Qu'elle se débrouille !

Je passe dans la salle avant de regagner ma chambre. Sur la table, Jo a laissé des consignes. Pour le repas sans doute. Le traditionnel « Haggis with turnips[3] » doit attendre dans le frigo. Sachant que je n'aime pas trop les « turnips », une purée de pommes de terre doit l'accompagner. Il suffit de faire réchauffer. Je suppose que la gamine va se débrouiller. Enfin … pas sûr qu'elle tente l'expérience vu l'aspect peu engageant du haggis !

Sur ce, je vais me coucher. Demain est encore un

---

[3] Panse de brebis farcie avec une purée de navets

autre jour… qui va lui réserver bien des surprises ! Je dois garder mon calme pour ne pas la faire fuir avant que le piège ne se referme sur elle. Une fois à Sander House, elle n'aura aucune échappatoire.

***

La fenêtre de ma chambre donne sur la mer, à droite de la terrasse. Le soleil se lève, il doit être à peu près sept heures. La faim me tenaille. Quelle idée de sauter le dîner ! J'ai mal dormi : plusieurs variantes du même rêve. Je cherche à attraper Julia et elle m'échappe. Elle est toute proche, et pourtant si loin. Et je me réveille dans ce grand lit froid et vide, cette fois.

Après une bonne douche, je suis fraîche et dispose, prête à reprendre le chemin d'Aberfeld… avec un petit détour. Serais-je en train de devenir sadique ? Un sourire en coin répond à la question. Un jogging, un sweat et j'ouvre la porte pour sentir des arômes de scones et de tomates et autres victuailles bien sympathiques. John doit être dans la cuisine. Il va entendre les escaliers grincer sous mon poids et venir à ma rencontre. Certaines choses ne changent pas. Tout en bas, j'ai droit à une franche accolade.

— Je suis content que tu sois là. Tu as meilleure mine ce matin.

— L'air marin et ta fabuleuse literie sans doute ?

— Et encore, tu n'as pas tâté de mon non moins fabuleux petit-déjeuner !

— J'en ai déjà l'eau à la bouche.

— Installe-toi. Je t'amène tout ça.

Je m'assieds devant une table bien saturée de pain, scones, brioches, croissants, pains au chocolat, beurre et confitures maison en tout genre. Tout cela a l'air divinement bon et j'attaque de bon cœur : scones, beurre, confiture de framboises, un vrai régal ! Je me sers du café, noir, sans sucre et Jo arrive avec une assiette remplie à ras bord : œufs sur le plat, saucisses, haricots, champignons, tomates passées au grill.

— Dis donc, tu en as fait pour un régiment ce matin ?

— D'abord, c'est pour t'inciter à revenir plus souvent. Ensuite… euh… je ne sais pas ce qu'elle déjeune la petite.

Je me suis figée dans la seconde. Je le regarde. Il veut en parler bien sûr. Pourquoi ai-je cru que je pourrais échapper à cette discussion ? Résignée, je lui donne le feu vert qu'il attend :

— Je t'écoute.

— Ben, tu avoueras que c'est étonnant que tu la ramènes, elle, ici… et là-bas encore plus.

— J'ai pas eu le choix.

— Je sais. Elle m'a expliqué hier soir. Mais tu aurais pu renoncer et rentrer faire ton deuil en paix.

— En paix ? Vraiment ? Pour être en paix, il faut que la justice ait été rendue, non ?

— Parfois, juste oublier et regarder devant soi.

— Je ne suis pas capable de faire ça.

— Hum… Elle a l'air d'être une gentille fille.

— Les assassins cachent souvent bien leur jeu.

— Tu exagères.

— Non. Je crois pas. Je suis bien placée pour savoir ce qui s'est passé.

— Je comprends, mais…

— Quoi ? Elle t'a retourné la tête ?

— Même pas. Elle a dit qu'elle était coupable et qu'elle devait payer pour ça. Que c'était pour ça qu'elle était là. Qu'elle t'avait fait beaucoup trop de mal. Qu'elle ne savait pas comment tu pouvais supporter sa présence.

— Je ne sais pas non plus. Mais elle a une bonne analyse de la situation. Même si elle est parcellaire.

— C'est-à-dire ?

— Rien.

Il me regarde d'un air soupçonneux et insiste :

— Qu'est-ce que tu as en tête ?

— Rien.

— Ne trahis pas Julia.

— Pardon ?

— Ne fais pas quelque chose qu'elle aurait désapprouvé.

— Par exemple ?

— Je ne tiens pas à te donner des idées. Mais si tu les as déjà, tu m'as parfaitement compris. Bon, tu vas réveiller la petite ?

Je le regarde, outrée.

— Certainement pas !
— Mais il faut bien que je lui fasse son petit-déj'. Elle va pas émerger toute seule, non ?
— Mais si, je me suis réveillée toute seule comme une grande fille !

Je sursaute. On ne l'a même pas entendue arriver. Depuis quand nous écoute-t-elle ?

Jo la fait asseoir en face de moi après lui avoir dit bonjour et avoir décliné le bavardage d'usage pour un hôte. Elle m'adresse une ébauche de sourire timide. Je reste impassible. Mes yeux sont juste un peu plissés. Elle paraît enjouée ce matin. Ils entament une conversation sur la région. Je vais prendre ma douche. Elle semble déçue de me voir quitter la table. Désolée, je ne suis pas civilisée et l'hypocrisie, ce n'est pas mon truc !

***

Douchée, habillée, je suis prête à affronter la première épreuve du jour. Seule. Je demande à John de l'intercepter et de me laisser une vingtaine de minutes avant de l'amener. Le ciel est bleu et le fond de l'air est frais. Ça va être une belle journée, du point de vue météorologique s'entend ! Je respire profondément et je me dirige vers le garage. Je l'ouvre. Il est là. Mon bolide. Ma Honda ST 1300 Pan european. 1261cc.

Zéro à cent kilomètres-heure en trois secondes sept. Trois cent vingt-quatre kilos tout en puissance. Et l'unique raison de mes séances intensives de rééducation et de musculation.

Je souris. Malgré tous les souvenirs qui lui sont rattachés, toutes ces balades qu'on a partagées avec Julia, j'ai quand même plaisir à la retrouver. Je ne l'ai prise qu'une fois depuis l'accident. Et j'ai cru mourir à nouveau. Ce coup-ci, je suis mieux préparée, j'espère que ma jambe et mon bras ne vont pas me lâcher. Sa couleur framboise écrasée, j'adore. Mon seul côté « fille » disait Julia.

Je vais devoir faire abstraction de Julia pendant le trajet, je dois rester concentrée sur la route. Je vérifie que tout est en ordre et je la sors. Ouch, c'est lourd trois cent vingt-quatre kilos !

J'entends des pas approcher. Quand ils sont juste derrière moi, je me retourne.

— Oh, merde. Ça va pas le faire !

Évidemment, elle est en tenue de ville ! Je suis tout en cuir avec les protections qu'il faut, là où il faut. Mais quelle courge ! Comment j'ai pu occulter ce « détail » ?

Je ne sais même pas si elle m'a entendue. Son regard est fixé sur l'engin. John a percuté. Il me scrute hésitant :

— L'équipement de Julia est toujours là-haut.

— Certainement pas !

Elle sursaute à mon éclat de voix et reporte son attention sur moi. Je me détourne en colère. Comme si j'avais oublié ! Comme si j'avais pu m'empêcher hier soir de vérifier que ses tenues étaient toujours là, de caresser le cuir, de sentir son parfum. Comme si j'avais pu éviter de me rappeler chaque moment, chaque soirée. Respire. Encore. Résous ton problème immédiat.

— Tu peux me prêter la Saab ? On va chez Gowan.

***

Conduire une voiture, je n'aime pas ça. En plus en tenue de motard, j'ai pas l'air idiote ! Enfin bref, nous y voilà. Lui aussi est content de me revoir. Il ne percute pas sur l'identité de mon invitée. Les filles ne l'intéressent pas. Tant mieux, ça ira plus vite.

— Qu'est-ce qui t'amène cette fois ?
— J'ai besoin d'une tenue complète pour la demoiselle.
— Une préférence ?
— Comme pour moi.
— Noir. Sécurité dernier cri. Unisexe. La totale.
— C'est ça.
— Elle dit rien ?
— Non.

Il nous regarde, perplexe, hausse les épaules et part dans sa réserve.

C'est vrai qu'elle reste muette, elle semble un peu perdue au milieu de cet univers de cuir. Pourtant, le juge a mentionné qu'elle parlait anglais couramment. Encore une connerie ? Elle n'a pas démenti. Je lui fais signe de me suivre vers la cabine d'essayage.

— Je crois que je peux pas mettre ce genre de tenue.
— Pourquoi ? Maman sera fâchée ?

Ma pique l'amuse. Je ne comprends rien à cette fille. Gowan arrive avec un pantalon, une veste, des bottes, des gants, un casque. Un débardeur et un pull léger pris dans un bac voisin se retrouvent dans ses bras avec le reste de la tenue. Je garde le casque et les gants et précise au cas où :

— Tu remplaces ton pantalon, le chemisier par le débardeur et le pull. Puis la veste et les bottes. Exécution.
— Oui, chef !

Euh… Elle se moque de moi, là ? En tout cas, elle a filé dans la cabine. Une fois le rideau fermé, je discute mécanique avec Gowan. Dès qu'il est lancé sur le sujet, impossible de le stopper. Mais il est doué pour vulgariser des données techniques et synthétiser les avantages ou inconvénients de tout ce qui concerne de près ou de loin un moteur. Pourtant, il s'arrête au milieu d'une phrase alors que son regard passe par-dessus mon épaule. Je me retourne. Oh my god[4] ! La gamine s'est transformée en femme fatale. Silhouette parfaite avec tout ce qu'il faut, là où il faut. Une belle carrure. À mon avis, il lui manque juste un peu de musculature. Ses cheveux blonds cuivrés lui arrivant à l'épaule encadrent un visage qui reflète la pureté de ses iris bleu glacier. Elle nous regarde dubitative. Elle jette un œil dans le miroir :

— J'ai oublié quelque chose ?

Je le crois pas : elle n'a rien capté ! Bon, on enchaîne :

— Ferme la veste. Tu es à l'aise ? Bouge. Accroupie. Debout, les bras en l'air, sur les côtés. Tu te sens gênée ou pas ?
— Non. Tout est bien.
— Essaie les gants.

Elle les enfile et les regarde incrédule. Il faut dire qu'ils sont impressionnants avec leur cuir pleine fleur et la protection carbone. Je prends ses mains l'une après l'autre et je positionne la bande velcro. C'est pas trop serré et ça tient bien. Impec.
Bon le casque. Gowan le lui tend. C'est le même que le mien. Intégral tout confort, top sécurité. Même

---

[4] Oh mon Dieu !

couleur que la moto. Oui, mon côté fille. Elle va pour le mettre et s'arrête en route :

— Je peux pas.
— Quoi ? Encore une phobie ?
— Non, mais…
— Mais quoi ? C'est quoi le souci ?
— Mais le prix : c'est astronomique ! Six cents euros !
— C'est mon problème et c'est pas un problème.
— Je peux pas vous laisser…

Je lui jette un regard noir. « Vous » ! Elle me prend pour sa grand-mère ou quoi ? On a quelques années d'écart, mais je n'ai pas encore passé la trentaine, hein ! Du coup, elle essaie le casque. Je vérifie deux ou trois choses et c'est OK, je le déclare bon pour le service. Je le lui fais enlever et rappelle Gowan pour qu'il installe le kit de transmission. Il part dans son atelier. Elle ouvre sa veste tout en récupérant son pantalon et son chemisier. J'attends Gowan au comptoir en feuilletant un catalogue. Il revient, lui donne le casque préréglé pour pouvoir communiquer avec le mien, et un sac pour ses affaires. Il fait le ticket de caisse et je sors ma CB sans plafond. Heureusement qu'elle ne voit pas le total de l'addition, elle me ferait une syncope !

5 - **Magnifiques Highlands**

Inverness, The French.

Nous voilà revenues chez Jo, qui, au passage, a eu la même réaction que Gowan vis-à-vis de ma passagère. C'était juste plus discret. Cette fois, nous sommes sur le départ. Il nous a fait un panier-repas pour la route, et il a bourré les top-case de la moto avec toutes sortes de victuailles, des fois qu'on se perde. C'est vrai, ce n'est pas comme si j'avais fait ce trajet des centaines de fois ! Enfin bref, nos bagages eux suivront selon le protocole habituel : livraison de colis privés. J'aurais peut-être pu me faire livrer mon invitée par le même chemin ? Me retrouver seule avec ma Pan dans les grands espaces est tentant. Mais bon, elle est équipée maintenant. Autant que cela serve. Jo n'aime pas les adieux, nous sommes toutes les deux devant l'engin. Elle regarde ma bécane, légèrement inquiète. J'ai comme un doute.

— Tu es déjà montée sur une moto, je suppose ?

— Non.

Sérieux ? C'est quoi cette fille ? Ça se corse, là.

— Tu as peur aussi ?
— Un peu. Mais pas comme l'avion. J'ai envie de découvrir.

Elle me dit ça d'une toute petite voix.

— OK. C'est pas compliqué. Tu grimpes derrière moi. Tu t'accroches. Tu poses tes pieds sur les cales, pas trop en arrière pour pas toucher le pot d'échappement. C'est le tube là. Quoi que je fasse, tu accompagnes mon mouvement. Si tu fais un geste brusque ou pas adéquat, on tombe. Et il vaut mieux éviter, elle fait trois cent vingt-quatre kilos. C'est lourd à relever. Encore plus si ta jambe est coincée dessous. OK ?

— Je comprends. Elle va vite ?
— Deux cent vingt kilomètres-heure avec une grosse accélération.
— Oh !
— Tu veux rentrer chez toi ?
— Non. J'ai confiance en vous.

Je reste abasourdie. Elle a confiance en moi ? Elle a confiance en moi ! Son regard n'exprime rien d'autre que cette confiance absolue. Voilà un manque de discernement hors du commun. Je lui fais mettre son casque, j'enfile le mien et je m'installe à l'avant. Elle monte à l'arrière et ne bouge plus. Je me retourne vers elle d'un air interrogateur. Elle tient les poignées sur les côtés de l'assise.

— Je suis bien accrochée. Vous pouvez y aller.
— Certainement pas. À la première accélération, tu pars en arrière sans pouvoir te retenir.

Je prends ses mains et les positionne autour de ma taille. Cela l'oblige à se rapprocher et à me coller. Quelle abrutie de prévoir de rentrer en moto ! En même temps, je ne pouvais pas savoir qu'elle serait avec moi. Vu que sa sellerie est surélevée, ses bras sont juste sous mes seins. Ses genoux sont à hauteur de mes cuisses. Mauvais plan. Pour l'instant, elle ne serre pas. Quand ça va bouger, elle va être plaquée contre moi. Trop tard pour changer quoi que ce soit sans perdre la face. Je lance le moteur. Elle m'agrippe un peu plus fort. Je démarre doucement jusqu'à la rue. Au freinage, au bout de l'allée, je prends son poids en plus du mien dans les bras. Je vais finir la journée dans un sale état. Je craignais pour mon genou. Mais clairement, ce ne sera pas mon seul souci aujourd'hui. J'ai oublié de contrôler que son intercom fonctionne :

— Ça va ?
— Oui.
— En cas de problème, tu le dis de suite. Quel qu'il soit. OK ?
— OK.

Bon pour une blonde, elle n'est pas trop bavarde. Ça me va. On traverse la ville tranquillement. J'observe ses réactions. Si je freine, elle relâche un peu. Quand j'accélère, elle resserre sa prise. Plus j'accélère, plus elle serre. Faut juste que j'évite des changements trop brusques pour ne pas la surprendre. Pour quelqu'un qui n'a jamais fait de moto, elle s'en tire plutôt bien. Je ne la sens pas trop stressée. Elle suit mes mouvements pour accompagner les virages. Je longe la côte, je traverse le centre-ville et prends la direction de Drumnadrochit. J'aurais préféré passer par le nord plus sauvage, mais je dois tenir compte de mes limitations physiques. Je gagne un quart d'heure par le sud et la route est meilleure, c'est moins exigeant pour mon corps. Bientôt, nous longeons la berge nord de la Ness River puis le loch Ness. Je roule tranquille. Je sens un léger appui du casque de ma passagère sur mon épaule gauche. Elle regarde le Loch. Étendue d'eau impressionnante entre des collines verdoyantes, le bleu du ciel contrasté par des nuages sombres. Une lumière magique dont je ne me lasse pas. C'est pour des images comme ça que je rentre en moto. Bon, ça ne m'empêche pas de rester concentrée sur la route, mais je la connais bien. J'arrive vers Urquhart Castle. Je n'avais pas prévu de m'arrêter, mais ma passagère semble se crisper. Elle fatigue imperceptiblement. On roule depuis une trentaine de minutes. Si je ne veux pas la perdre en chemin, il vaut mieux faire une pause. Je me pose sur le parking. Hum… Une fois debout, je sens déjà mon genou. Mauvais plan, on est loin d'être arrivées. Ça va être plus coton que prévu. Elle est passée en mode touriste :

— On visite le château ?

— On fait juste un arrêt pour éviter que tu te crispes à cause de la fatigue. Mais tu peux l'admirer ainsi que la vue sur le Loch. On peut se rapprocher un peu, si tu veux.

— Super ! Merci !

De rien. Ce n'est pas comme si je le faisais pour mon genou, hein… Je dis rien et je m'avance vers un promontoire. Je boite imperceptiblement. Pourtant, elle l'a remarqué. Elle m'observe, mais reste silencieuse. Moi, je n'ai rien vu. Je m'assieds et pose ma jambe à plat sur le banc. Son regard balaye lentement le paysage, comme si elle gravait une photo dans sa mémoire. J'entends au loin le joueur de cornemuse qui est souvent dans les ruines du château. Cet instant est irréel. Nous sommes seules dans une contrée de légendes. Le monstre va-t-il apparaître dans la brume ? Hum, il y a trop de soleil pour la brume. Ne pas fermer les yeux pour ne pas voir Julia se promener dans les ruines, jouer les grandes châtelaines au milieu des murs défoncés. Et rire à en perdre haleine devant mon air sérieux. Ce ne sont pas les pierres qui sont hantées, mais mon esprit.

La route nous attend. Je fixe à nouveau ma passagère. Son sourire a disparu et ses yeux sont brillants.

— Ça va ?

Ses paupières se ferment et une larme perle sur sa joue. Elle me jette un œil embarrassé puis reporte son regard au loin :

— Je pensais à mon grand-père. Il me racontait souvent des histoires sur le monstre du Loch Ness. En cachette de ma grand-mère, car elle disait que j'allais faire des cauchemars. Mais j'adorais ça. Je n'imaginais pas que ça… que je…

Sa voix s'éteint à nouveau. Quand elle me regarde enfin, son sourire est là, la tristesse est passée. Je commence à bouger ma jambe. Elle est déjà debout et m'observe en m'interrogeant :

— Ça va mieux ?
— Oui.

Pour l'instant, je ne ressens ni douleur ni gêne. Je me demande si elle s'inquiète pour moi ou pour sa sécurité.

***

Voilà une heure trente que nous roulons. Il est temps de s'arrêter pour le déjeuner. Nous longeons encore le Loch Duich et nous arrivons sur l'Eilean Donan Castle. Je rejoins le parking et nous descendons de moto avec autant de mal l'une que l'autre. Cette fois, elle a les jambes complètement raides et fait une légère grimace. J'aurais dû m'arrêter plus tôt, mais le soir tombe vite par ici. Je ne veux pas rester coincée sur la lande pour la nuit. Je ne suis guère en meilleur état. Nous nous installons pour un pique-nique champêtre au bord de l'eau, avec en visu l'un des plus beaux paysages des Highlands. L'île est reliée à la terre par un pont en arche de pierre. Le château est posé sur un socle de roche et de pelouse, parsemé de bruyère roux-brun. Le temps s'est couvert et les nuages sombres donnent une lumière profonde qui baigne le tout d'une atmosphère à la fois paisible et mystérieuse. Quelques rayons de soleil viennent souligner l'architecture massive du château. Nous avons déjeuné en silence. Elle n'est vraiment pas bavarde et j'apprécie le calme. Surtout ici. Mais cet arrêt n'est pas dû au hasard. Il est temps d'entamer les hostilités. Elle est assise en tailleur face au paysage. Je bouge un peu ma jambe pour la détendre et attirer son attention. Je capte son regard. Il se fait interrogateur. Je me retourne vers l'île.

— Ce château a une histoire. Son nom est Eilean Donan Castle, le château d'Eilean Donan. Eilean était mariée, mais elle n'aimait pas son époux et elle avait de bonnes raisons pour cela. Un charmant jeune homme, cadet sans avenir et sans ressources, a su capter son cœur. Et, ma foi, compte tenu des circonstances, on peut dire qu'ils s'étaient arrangés une petite vie, contraire aux mœurs, certes, mais qui leur permettait de survivre à leur quotidien. Le mari de la dame mourut à la guerre et s'ils ne pouvaient convoler en justes noces, en restant discrets et avec la complicité de leur entourage, ils vécurent presque deux ans d'un amour parfait et sans nuages. Hélas, une personne jalouse et sans scrupules se mit en tête de détruire ce couple sans histoire qui ne demandait rien à personne. Le jeune homme ne répondant pas à ses avances, elle lui fit croire qu'Eilean était morte. De désespoir, il se jeta dans le vide de la plus haute fenêtre du château. Eilean finit par découvrir ce qui s'était passé et qui était responsable du drame. Elle l'attira ici sous un prétexte quelconque et l'y séquestra dans les oubliettes. Toutes les nuits, à l'heure où son amant s'était tué, elle amenait son ennemie à la même fenêtre et lui laissait le choix : la mort ou le cachot. La dame ne résista pas longtemps et préféra le trépas. Sa vengeance consommée, Eilean la suivit et rejoignit son cher et tendre par-delà la mort.

Une fois encore je peux lire sur son visage ses émotions comme dans un livre ouvert. Je l'ai touchée. J'enfonce le clou :

— Cette histoire a une morale.

Elle tourne la tête vers moi et je capte à nouveau son regard. Je sais que le mien exprime quelque chose proche de la haine. Elle est l'assassin de ma femme et je l'emmène dans mon « château ». Elle ne cille pas et attend la suite :

— La vengeance est un plat qui se mange froid.

Je ne doute pas qu'elle ait compris le message. Néanmoins, elle ne réagit pas. Je ne décèle pas de peur. Rien d'autre que cette tristesse insondable.

Et tant pis si je viens d'inventer toute cette histoire, si ce château n'est que « le château de l'île Donan » et qu'Eilean Donan n'a jamais existé.

— L'enfer commence n'est-ce pas ? me dit-elle tristement.

Je hoche la tête. Elle remballe le matériel et nous repartons. Le château, à présent, a les sombres couleurs du désespoir.

***

Nous voilà en vue de MacLeod's Tables, notre dernière halte avant l'arrivée. Nous venons de faire une heure trente de route à bonne vitesse. Elle commence à être plus à l'aise. Elle devrait être épuisée, mais cela n'a pas l'air d'être le cas. En tout cas, pas plus que moi. Pourtant, j'ai vraiment forcé l'allure sur le « rail » : un long tronçon tout droit, une belle route pas encore abîmée par les intempéries. Comme un billard. Au fur et à mesure que le compteur montait, l'adrénaline prenait possession de toutes mes veines. Pleine vitesse. Deux cents kilomètres-heure. Elle a resserré sa prise au fur et à mesure de l'accélération.

Mais sans se crisper. J'aurais juré que tous ses sens étaient en alerte. Que comme moi, elle sentait la pression de l'air sur son corps, elle entendait le « doux ronflement » du moteur comme une symphonie fantastique alternant avec le sifflement du vent, les deux montant en gamme au fil des secondes ! Elle voyait le paysage défiler, avec une précision déconcertante due à l'afflux d'adrénaline et flou à cause de la vitesse et du déplacement. Je sentais son corps contre le mien et nous ne faisions qu'une... comme si j'avais Julia derrière moi.

L'illusion et la désillusion dans le même mouvement. Bref, nous entrons dans la partie la plus inhabitée de l'île de Skye. Les petites routes sont très peu fréquentées. Nous irons beaucoup moins vite. Tant mieux, car les paysages sont magnifiques. Entre collines, voire montagnes, et étendues sauvages, entre terre, bruyère et Loch. Avec au détour de quelques pâturages des troupeaux de moutons — énormes les moutons ! — qui n'hésitent pas à traverser le bitume. La prudence est de rigueur à chaque sortie de virage. Je me suis trouvée une fois nez à nez avec un bélier farouche qui tenait le milieu de la route. Chaque fois que je faisais mine de foncer sur un côté, il se déplaçait pour me barrer le passage. J'ai fini par rebrousser chemin en attendant qu'il se décide à lâcher le morceau !

Je m'arrête sur un espace dédié en bord de route. Oh là ! Elle est un peu raide la miss à la descente. Elle fait quelques assouplissements. Je ne l'ai pas ménagée. Cette fois, je boite bas. Elle regarde ma jambe, puis mon visage. Ma réponse, quoique silencieuse, est explicite : si elle dit un mot, elle va se faire rembarrer méchamment. Mais elle a un don pour capter les messages, elle reste muette et s'approche des sacoches. Elle en sort de quoi boire. Nous nous dirigeons vers les tables et bancs en bois massifs qui garnissent l'endroit. Elle hésite puis elle s'assied en face de moi. Un petit coup de provoc' ? En même temps si elle avait choisi de se poser à côté de moi, je n'aurais pas apprécié non plus. Ses prunelles pétillent. Sous mon regard interrogateur, elle entame la conversation :

— Merci pour toutes ces sensations.
— La vitesse ?
— La vitesse et tout ce qui va avec. C'était géant. Merci.
— Tu te répètes.
— Désolée. C'est encore… pfiou…

Pfiou ? Allons bon. C'était censé lui foutre la trouille de sa vie. Encore loupé. Si la situation n'était pas ce qu'elle est, ce serait assez amusant de la voir réagir comme ça. Enfin bref. Étape suivante.

— Au fait, tu parles vraiment anglais ou pas ?
— Mon père était Anglais.
— OK. Parce qu'à partir de maintenant, tous les gens que tu rencontreras ne parlent plus français ou très peu. Encore une heure et on sera arrivées. Nous serons attendues.
— Par qui ?

— Madame Parks. Elle s'occupe de l'intendance. Elle n'est pas là à demeure, mais elle est toujours dans la maison quand on rentre… quand je rentre.

— J'ai comme l'impression que j'ai raté une information, non ?

Elle est douée, y'a pas à dire. Il lui manque effectivement une précision cruciale : celle pour laquelle je me suis arrêtée, avant qu'on arrive. Voyons comment elle va encaisser à présent.

— … La nounou de Julia.

Cette fois, c'est touché-coulé. Elle est blême d'un coup. Je crois qu'elle mesure exactement ce qui l'attend. Là, elle n'a pas envie de me remercier, je pense. Timidement, elle tente :

— Peut-être qu'il serait mieux que je la rencontre pas ?
— N'y compte pas. Si tu l'évites, elle viendra te chercher et ce sera pire. Si tu l'affrontes, elle te respectera au moins pour avoir eu ce courage.
— Pourquoi me donner ce conseil ? J'aurais pensé que vous préféreriez que ça se passe le plus mal possible. Et là, c'est comme si vous vouliez me protéger un minimum.

Elle a raison. Je ne sais pas pourquoi je lui ai dit ça. Mais quelque part, j'ai l'impression qu'elle m'appartient, à moi, et rien qu'à moi. Ce qui va se passer à Sander House, c'est entre elle et moi. Personne d'autre n'a le droit de s'immiscer entre nous. Mon regard s'est durci :

— Parce que tu es ma victime.

Elle aurait dû s'effondrer un minimum, non ? Au moins, accuser le coup ? Ben non, elle, elle reprend des couleurs. Vais-je jamais arriver à l'atteindre réellement ?

6 - En terre ennemie

Aberfeld.

Cette fois, nous voici arrivées à bon port. Pas trop tôt ! Mon bras et mon coude me font un mal de chien. Quant à ma jambe, je ne sais même pas si je vais pouvoir tenir debout. Je vais me faire engueuler par Moïra Parks, c'est certain. Et il va falloir que je reprenne des antalgiques. Heureusement, il me reste des cachets à base de morphine. Dernier virage, et je m'arrête en haut de la colline. Je relève ma visière. Mon regard embrasse mon paradis déchu. Le cottage perdu au milieu de la lande, la mer au loin, d'un bleu sombre et sauvage. La petite route crayeuse qui serpente entre les accidents du terrain. La cheminée crache une fumée blanchâtre : Moïra nous attend. Les nuages noirs et la nuit qui approche entourent le tout d'une atmosphère mystérieuse. Depuis que je connais Julia, c'est ici que je suis chez moi. En harmonie avec la nature, les éléments. La faune, la flore, la pluie, le brouillard, le soleil, le vent, la neige : tout cela me fait vibrer et me sentir vivante. Mais aujourd'hui, tout a changé. Vais-je retrouver ces sensations ? Avant de partir pour le procès, j'étais là, mais rien ne m'atteignait. Ma vue se trouble. Ce n'est pas le moment, il reste encore quelques virages à bien négocier. Je baisse ma visière et donne un coup d'accélérateur rageur. Oups, j'ai oublié ma passagère. Elle a anticipé. Elle est toujours derrière moi.

Au fur et à mesure qu'on approche de la maison, elle resserre sa prise sur ma taille alors que ma vitesse diminue. Elle veut m'étouffer avant d'arriver, non ? Pour une fois, je sens son stress. Ce n'est pas moi qui en suis la cause. Elle craint la rencontre avec Moïra et je ne peux lui donner tort. Je ne sais pas comment elle va réagir. Elle est capable de nous jeter dehors et de m'interdire de remettre les pieds dans la maison de « son bébé » tant que je suis accompagnée. Bref, je n'en mène pas large non plus. Cette maison est celle où elle a élevé Julia comme sa fille jusqu'à son adolescence.

Nous arrivons en vue du bâtiment et elle est sur le seuil. Je réalise soudain que je n'ai pensé qu'à moi et je n'ai même pas songé à la prévenir que j'étais accompagnée. Oh pétard ! J'ai intérêt à la voir seule d'abord. J'arrête mon engin près du garage. Ma passagère ne semble pas décidée à quitter la moto. Je desserre ses mains et elle comprend le message. Elle descend. Je jette un œil à Moïra. Elle n'a pas bougé. Visage impassible. Le calme avant la tempête sans nul doute. Je tente de l'imiter, mais ma jambe ne me soutient pas suffisamment : je dois m'appuyer sur la moto. J'enlève mon casque et mes gants, histoire de trouver une solution. Et merde, j'ai quinze mètres à faire pour la rejoindre ! Comment je fais ? Pas le choix ma fille : tu serres les dents et tu y vas. La douleur est fulgurante quand je tente d'avancer. Je me sens devenir blanche. Avant que je m'affaisse, ma passagère me soutient. Je hais ce genre de situation. J'ai juste envie de lui hurler dessus, lui crier ma haine autant que ma douleur, lui interdire de me toucher. Je respire lentement et reporte mon attention sur Moïra. Toujours impassible. Pffff… Je boite bas, mais nous arrivons quand même :

— Bonjour, Moïra.
— Bonjour, Alex. Tu as encore utilisé cet engin de malheur !
— Moi aussi je suis contente de te voir.
— C'est ça ! Et j'appelle le docteur Leyland ou j'attends un peu ?
— Tu attends un peu. Ça va s'arranger.

Elle me parle, mais elle ne quitte pas ma passagère des yeux. Celle-ci examine ses bottes avec beaucoup d'attention. Je lui donne un discret coup de coude. Elle respire et relève la tête. Leurs regards s'accrochent. Impassibles toutes les deux. Il n'est pas exclu que Moïra lève la main sur elle. Je suis prête à intervenir. Les traits de la vieille femme se détendent :

— Vous êtes Sam, n'est-ce pas ?
— Oui, Madame.
— J'ai préparé votre chambre. Suivez-moi. Et

appelez-moi Moïra.

Ma passagère me regarde, interloquée. Ben désolée, moi j'ai rien compris au film. Nous la rejoignons dans la maison.

***

Moïra a installé mon invitée dans la chambre d'amie qui communique avec la mienne. Nos bagages nous ont précédées. Je l'entends ranger ses affaires. Moi, je suis affalée sur le lit, le temps que la morphine fasse effet et que je récupère un peu ma jambe. Je vais devoir ramener Moïra au village. Heureusement que la Wrangler a une boîte automatique. Faut juste que j'arrive à marcher. Ensuite, il faudra rentrer la Pan. Ça va être plus compliqué, mais hors de question qu'elle passe la nuit dehors. Moïra s'affaire dans la cuisine alors que la connaissant tout est prêt pour qu'on puisse dîner ce soir et le frigo est plein pour la semaine. Elles n'ont pas vraiment parlé. Juste quelques mots utiles et elle est restée dans sa chambre. Bon, je ne peux pas vraiment différer le retour. Je me lève... et ça va, si je marche doucement et sans forcer. Deux pas plus loin, je dois me rendre à l'évidence : la méthode Coué, ça ne fonctionne pas à tous les coups. Et Moïra qui arrive !

— Je crois que tu vas avoir besoin de ça.

Elle me tend mes béquilles. Bien vu. Inutile

d'essayer de faire la fière. Déjà, m'appuyer sur mon bras va être compliqué. Allez on respire et on y va. Je m'approche de la porte de communication.

— Je raccompagne Moïra. Dans une heure, je suis là. Tu peux visiter la maison, mais tu n'entres pas dans la chambre en face de la mienne. On est d'accord ?

Elle hoche la tête sans faire de commentaire. Rien que la mention de cette pièce assombrit mon humeur.

Nous voilà dans la voiture. Et j'attaque :

— Bon, OK. Maintenant, explique-moi comment tu as pu lui préparer une chambre.

— Carla a appelé. Et Jo aussi.

— Oh. Je vois, la French Connection a frappé !

— Ben heureusement, non ?

— Oui. J'ai pas assuré. J'aurais dû te prévenir.

— Je sais que ce n'est pas facile pour toi. Et que cela a été compliqué à gérer. Mais tout a l'air de bien se passer, n'est-ce pas ?

— …

— Ne fais pas semblant d'être concentrée sur la conduite et réponds-moi.

— Ça se passe.

— C'est difficile de lui en vouloir, non ?

— Pardon ?

— Regarde la route ! Carla m'a expliqué les… circonstances.

— Carla a tendance à oublier les faits : elle a tué Julia !

— Ne fais pas ta tête de mule. C'était un accident et tu le sais.

— Ça change rien à sa responsabilité.

— Ben si, justement.

— Non.

— Alex…

— Je ne veux plus en parler. C'est un fait et rien ne pourra le changer. Rien ne fera revenir Julia.

— C'est vrai, mais Julia n'aurait pas accepté que tu restes bloquée là-dessus. Ça fait deux ans, il est temps que tu regardes devant toi.

— Mais vous vous êtes tous ligués, ma parole ! Je peux pas ! Je… ne… peux… pas !

— Je comprends ta douleur. Et tu sais à quel point Julia représentait tout pour moi. Mais tu t'enfermes dans une spirale négative. Ni toi ni cette fille ne méritez ça. Tu vois… je crois qu'elle est une victime elle aussi. Je l'ai sentie… désespérée.

Victime, c'est sûr ! Elle est ma victime. On est arrivées. Moïra descend de la voiture non sans me jeter un regard désapprobateur. Je lui dis bonsoir et de ne pas s'inquiéter pour moi. Je prends le chemin du retour. Fâchée. Je roule plus vite que je le devrais et je me fais un peu secouer comme un prunier. Histoire de rejoindre rapidement ma victime !

J'arrête la Wrangler dans le garage. Elle a rentré la Pan. J'oscille entre colère et soulagement. Un engin pareil ne se manipule pas comme une bicyclette quand même. Ma visiteuse semble plus costaud qu'il n'y paraît. Je reprends mes béquilles et entre dans la maison. Installée sur le canapé devant la cheminée du salon avec un bouquin, elle ne m'a pas entendue, perdue dans ses pensées. Elle sursaute légèrement quand j'arrive dans son champ de vision et m'affale sur le fauteuil en face. Libérant la place, elle prend la parole :

— Mettez-vous sur le canapé pour allonger votre jambe.

Je la regarde d'un œil mauvais, peu décidée à lui obéir.

— S'il vous plaît.

Sa voix est timide, lente et douce. Elle me tend la main. Hors de question que je la touche, que je rentre en contact avec sa peau. Je me lève seule et nous échangeons nos places.

— Pourquoi as-tu manipulé la Pan ?
— Pour aider. Elle est lourde et vous avez suffisamment tiré sur votre jambe aujourd'hui, non ?

Ma parole, elle me donne des leçons !

— Et si tu l'avais laissé tomber ? Tu sais que je t'aurais tuée pour ça ?

Elle me regarde d'un air espiègle :

— Ça aurait changé quelque chose à vos projets ?

Mon cœur bat la chamade malgré moi. Cette fille est folle. Elle me provoque l'air de rien. Je crois qu'elle n'a pas pris la pleine mesure de la situation. Voyant que je ne réagis pas, elle part dans la cuisine, préparer le repas, sans doute. Je ne suis pas en état de diriger la suite des opérations. Je vais donc la laisser agir à sa guise pour ce soir.

Face à la cheminée, j'essaie de me détendre. Julia était fascinée par le feu. Il faisait écho à son feu intérieur. Celui qui consume et qui réchauffe. Il la dévorait et lui faisait prendre tous les risques. Elle brûlait la chandelle par les deux bouts. Mais il lui donnait aussi la douce chaleur qu'elle communiquait à ceux qu'elle aimait. Elle irradiait la chaleur réconfortante de l'amour. Amour filial, amour fraternel, amour amical, amour charnel. Elle était tout cela… et tout cela est parti en fumée. C'est plus fort que moi. Mes larmes coulent et je ne peux ni ne veux les arrêter. Comment peuvent-ils me dire de tourner la page ? Comment peuvent-ils l'oublier ? Elle était ma vie. Mon unique attache. Il ne me reste rien. Rien que les biens matériels qu'elle m'a légués. Rien que le froid de la nuit.

***

Nous avons dîné. Ma colère ne retombe pas. L'intruse semble avoir un sixième sens pour décrypter mes humeurs. Elle s'est occupée de l'intendance et je l'ai laissé faire quoi qu'il m'en coûte de la voir dans cette cuisine, dans ce salon… dans chaque pièce en fait. J'ai l'impression qu'elle prend la place de Julia. C'est insupportable. Pourquoi ai-je accepté cette folie ? Clairement, cela me détruit plus que cela ne la touche. Elle se fait discrète, mais sa présence est un poids tout aussi lourd que l'absence de Julia. Le poids de l'absence… Comment le vide peut-il avoir un poids ? Et pourtant, ce poids m'écrase et obscurcit mon esprit, oppresse ma respiration, joue sur mes nerfs. Je la tue tout de suite ou j'attends un peu ? Le seul problème, c'est que je ne vois pas du tout comment je vais m'y prendre. Entre le dire et le faire, je m'aperçois que j'ai du boulot… ou tout au moins de la réflexion.

Pour le moment, je crois qu'il est temps que je me couche. Je sais qu'elle est dans sa chambre. La porte communicante est ouverte. Je m'approche pour la fermer. Je n'ai pas l'intention de lui parler. Je sens son regard sur moi. Par réflexe, je pose mes yeux sur elle. Elle est emmitouflée dans sa couette. Son nez, ses joues sont anormalement rouges. Et là, je percute : Moïra a évoqué un problème de chauffage, mais je ne l'écoutais plus, je n'ai pas tout capté. Elle n'a pas bougé d'un pouce.

Je sais qu'elle ne se plaindra pas. Le froid, c'est un bon assassin ? Je crains qu'il ne soit pas assez efficace. Elle attend de voir ce que je vais faire ou dire. L'instant s'éternise. Elle me sourit légèrement et reprend sa lecture. Elle ne me demande rien. Je suis dans la merde. Je n'ai qu'une solution et… je vais péter un câble.

— Tu ne peux pas dormir ici.

— Pas de problème. Je suis bien couverte.

— Non, le mur de gauche est le mur extérieur nord de la maison. Cette chambre est glaciale quand le chauffage n'est pas optimal.

— Je peux prendre le canapé du salon.

— C'est pareil. La température va chuter pendant la nuit. La cheminée ne suffira pas.

Son regard est interrogatif. Elle n'a visiblement pas compris quelle était la solution. Y'en a pourtant pas trente-six.

— Ma chambre est la seule qui reste à une température acceptable, avec celle en face.

— Je ne peux pas aller dans cette deuxième chambre, n'est-ce pas ?

— Non. Le lit est grand dans celle-ci.

Elle me regarde, mais ne dit rien. Ses lèvres sont pincées comme si elle retenait ses mots. Évidemment. J'avais oublié ce détail.

Elle sait que je suis homo et elle est hétéro. Merde, ce n'était vraiment pas le soir pour gérer ça !

— Viens avec moi. Assieds-toi sur la couette. Il faut qu'on discute.

Elle hésite, puis s'exécute. Elle se pose en tailleur au bout du lit. Je m'adosse sur la tête de lit, face à elle. Je tiens mon genou gauche replié entre mes bras. C'est une position que j'affectionne, sauf que d'habitude j'ai les deux jambes pliées. Enfin bref… Je ne vois pas comment aborder le sujet. Elle prend la parole.

— Vous savez bien que vous ne pourrez tolérer ma présence ici. Encore moins avec une telle proximité. Je sens bien à quel point cela vous fait mal, je ne veux pas…

Sa voix s'est brisée sur les derniers mots. Ma faculté de lire en elle comme dans un livre ouvert semble réciproque.

— Peu importe ce que je ressens ou pas. Ce sera pire si je dois te soigner pour une pneumonie, non ?
— Elle pourrait faire le travail à votre place.

Elle dit ça sans rien laisser transparaître cette fois. C'est qui cette fille ? Ça pourrait être de la provocation, mais c'est comme si elle s'informait juste.

— C'est plus plaisant de faire les choses soi-même, tu crois pas ?
— Sans doute.
— Mais ce n'est pas la vraie raison de ta réticence, n'est-ce pas ?
— Comment ça ?

Arf ! Elle le fait exprès ou quoi ? Il va falloir que j'aborde le sujet moi-même !

— Tu sais que je suis homo ?

— Oh…

— Oh ?

— Ce n'est pas un problème.

— Non ?

— Non.

— C'est bien la première fois que je rencontre une hétéro pour qui ce n'est pas un problème de partager un lit avec une lesbienne qu'elle ne connaît pas !

Encore une fois, je suis scotchée. Par son attitude, par son détachement… par l'espièglerie que je détecte dans son regard.

— Pourquoi ce n'est pas le cas ?

— D'abord parce que je vous connais. Je sais bien que vous me haïssez et que ce genre de choses ne risque pas de vous effleurer une seconde.

— Ensuite ?

— Ensuite… sans doute parce que je suis homo aussi.

Oh my god ! Il manquait plus que ça. Elle m'observe à la fois fière de son effet et inquiète de ma réaction. Oh, pas inquiète pour elle, j'en mettrais ma main au feu. Nos regards sont vrillés l'un dans l'autre. Elle n'est pas une victime expiatoire, elle a du répondant et va se battre à sa manière pour parer mes coups. Je décide de rester digne dans la défaite et d'ignorer son appel à réaction. Tu ne perds rien pour attendre ! Mais j'ai besoin d'assimiler tout ça.

***

La douleur me réveille. La main, le coude, le genou, la totale. Je n'aime pas la morphine. Mais si je ne le fais pas maintenant, je vais rester couchée jusqu'au soir. Je regarde le cachet dans ma paume. Si je ne le prends pas, je garde le lit, planquée sous la couette et j'oublie tout. Douce illusion, mon cerveau lui n'oubliera rien et je vais ruminer toute la journée avec la douleur en prime. Je le prends. Je m'allonge un peu le temps qu'il fasse effet. Elle n'est plus là, elle a dû regagner sa chambre. Et la soirée me revient.

Elle est homo… manquait plus que ça. Enfin bon, vu les circonstances, ça ne change pas grand-chose à la situation. Homo ou pas, elle reste l'assassin de ma femme, quoi qu'en dise Moïra. Ça va être coton quand même la cohabitation. Déjà hier soir, partager la salle de bain… Je souris à l'évocation de son retour dans la chambre en pyjama, ma foi assez moulant. Elle n'avait pas l'air super à l'aise et s'est précipitée sous la couette, de son côté du lit. J'ai éteint la lumière et la fatigue m'a vaincue plus vite que je ne l'aurais voulu. Je regarde par la fenêtre. Le temps est gris. Gris sombre. Tout à fait en adéquation avec mon humeur. Cette nuit, Julia ne m'a pas rejointe. Est-ce parce qu'il y a une intruse dans sa maison ? Cette intruse précisément ? Dans mon lit ? Mais ce lit n'était pas le nôtre. Ce n'était pas notre chambre. Je dois lui parler, je ne supporterai pas qu'elle disparaisse de mes nuits. D'abord la douche, grignoter un morceau et puis la colline. Bon, mes douleurs se calment, affrontons... ce qui se présentera !

À peine la porte de la pièce ouverte, je sens des odeurs de pâtisserie. Moïra est revenue ? Ce n'est pas dans ses habitudes. J'arrive dans le salon. Elle est là. Avec son bouquin. Son regard est incertain. Le mien doit être glacial. Bien sûr, elle est toujours là, comme un obstacle au milieu de ma route, qui me nargue, par sa neutralité même. Ce n'est pas parce que mon cerveau fait mine d'ignorer sa présence qu'elle va disparaître par enchantement ! Elle se lève et s'engouffre dans la cuisine. La cuisine de Julia ! Je la suis après quelques instants d'hésitation. Nom d'une pipe en bois ! Elle me prépare un petit-déj'... qui ressemble comme deux gouttes d'eau à celui que j'ai pris chez Jo !

Elle quitte la pièce :

— Bon appétit.

Je devrais faire demi-tour sans toucher à tout ça... mais j'ai la dalle ! Et gaspiller est incompatible avec nos valeurs, non ? Je reconnais les scones de Moïra qu'elle a réchauffés. Elle a fait des œufs sur le plat. Je n'ai rien demandé, moi. OK, oublie d'où ça vient et profite. Je ferme les yeux et je savoure. J'entends le vent du large frapper la façade avec force. Monter sur la colline, ça va être du sport vu mon état.

Je commence à débarrasser quand elle arrive de nouveau.

— Laissez, s'il vous plaît. Je vais le faire.

— Inutile de trop en faire. Ça ne changera rien à ce que je pense de toi.

— Je ne vous demande rien. Je suis là pour vous faciliter la vie. J'essaie de le faire, c'est tout. Comment va votre jambe ?

— Prête à courir un marathon.

— Oh ! Dans un fauteuil roulant alors ?

Elle m'assène ça l'air de rien en s'affairant au lave-vaisselle. J'entends encore Carla. Elle ne te provoquera pas, qu'elle avait dit. Et elle fait quoi là ? Je m'approche à quelques centimètres d'elle. Sa respiration s'accélère.

— Ne t'avise pas de me chercher. La civilisation est loin.

— Alors, ne me prenez pas pour une idiote. Je sais bien que vous n'allez pas bien.

— Cela n'est pas de ton ressort.

Je me recule sur ma dernière phrase. Nous nous affrontons du regard. Elle est en position de faiblesse, dans un environnement qu'elle ne connaît pas. Pourtant, elle ne lâche rien. Je sors de la cuisine. Elle me suit. Dans le vestibule, je prends ma veste et me retourne brusquement :

— Reste loin de moi. Tu as de quoi t'occuper : la télé, la bibliothèque, les consoles de jeu. Par contre, tu évites de te pointer dehors surtout aujourd'hui, y'a trop de vent. De plus, tu pourrais te perdre facilement et les tourbes sont parfois traîtresses. Et, quel que soit le temps, tu ne vas pas sur la colline qui domine la mer, à gauche de la porte d'entrée. Quand je reviens, je m'occupe d'appeler le chauffagiste. Le bureau au fond du salon est mon domaine privé. Tu t'en approches pas.

— Vous sortez ?

— Oui.

— Le vent… ?

— J'ai l'habitude.

— Et si votre jambe…

— Ma jambe va très bien.

— Il vaut mieux que je vous accompagne. Juste pour cette fois.

— C'est pas possible.

— Mais je…

— C'est pas possible. Là où je vais, je ne veux pas t'y voir. C'est clair ?

J'ai littéralement hurlé. Je suis tendue comme un arc. Elle ne dit rien. Semble perturbée. Je m'en fous. Je me casse.

7 - Grain de sable

Sander House, la colline.

Voilà, mon amour. Je suis là. Je suis enfin rentrée. Tu m'as manqué. La vérité, c'est que tu me manques à chaque heure du jour et de la nuit. Plus encore cette nuit.

Je suis assise sur l'herbe, en face de la pierre tombale. Une pierre blanche toute simple avec pour seule inscription «JULIA». Chaque fois qu'on venait passer du temps sur cette terre, elle m'entraînait sur cette colline et me disait :

— C'est là que je veux être inhumée, Alex. Ici et nulle part ailleurs. Face à la mer, dans le vent et les embruns. Sur la terre de mes ancêtres. Je veux nourrir cette terre comme elle m'a nourrie.

Elle était exaltée. Et moi, désespérée. Mon seul espoir était de mourir avec elle. Je savais, je pressentais que j'allais la perdre. Trop tôt. Beaucoup trop tôt. Aujourd'hui de nouveau, des larmes que je ne peux retenir inondent mon visage. Ma main se pose sur son pendentif. Où es-tu, Julia ?

— Je suis là, mon amour.
— Tu m'as manqué.
— J'ai toujours été près de toi. Dans ta tête le jour. Dans ton cœur la nuit.

— Je veux être avec toi pour l'éternité.

— Le destin en a décidé autrement.

— Il a merdé.

— Peut-être. Peut-être pas. Reviens à l'essentiel. La nature. Notre combat. Recentre-toi sur du concret.

— Je ne peux pas. La femme qui t'a assassinée est là et elle doit payer pour ce qu'elle t'a fait. Ensuite, je te rejoindrai.

— Reviens à l'essentiel. La nature. Notre combat.

— Tout cela me paraît tellement dérisoire aujourd'hui.

— Absolument pas. Tout cela, c'est mon héritage, Alex. Tu en es la gardienne. J'ai confiance en toi.

— Je ne peux pas faire ça sans toi.

— Bien sûr que si. Tu as de l'aide à ta disposition. Sers-t'en.

Je la regarde incrédule. Euh... tu ne parles pas de l'autre là, hein ?

Elle me sourit et s'éloigne. Je pourrais tenter de la rattraper, mais j'ai déjà essayé et je sais que c'est impossible. Elle vient quand elle veut. Elle part quand elle veut.

Le vide à nouveau m'envahit. Je m'allonge dans l'herbe. Je ne pense à rien. À rien d'autre que le vent qui transporte mon esprit au-dessus de la mer, de la lande, des lochs. Un esprit libre et sans attaches. Vide de tout sentiment. Un esprit prêt à rejoindre les abysses de la mort. Pour que tout s'arrête enfin : l'absence, la douleur, la sensation d'être une étrangère dans ce monde.

***

Pour l'instant, mon esprit est malheureusement encore enchaîné à ce corps diminué. Et ça me saoule de ne pouvoir faire ce que je veux. Rien que pour descendre cette colline, j'ai failli me retrouver à terre plusieurs fois. Il est temps que je rentre et que je rejoigne mon bureau. J'ai à faire.

Quand je passe la porte, elle est là. Elle me scrute. Quoi ? Il me manque un morceau ?

— Thé ou chocolat chaud ?
— J'ai besoin de rien.
— Vos lèvres sont bleues. Thé ou chocolat chaud ?
— … N'importe.

Je préfère le chocolat, mais je ne vais certainement pas le lui dire. Puéril ? Sans doute. Mais c'est comme ça. Je traverse le salon pour atteindre la demi-pièce ouverte qui me sert de bureau. Je rebranche le téléphone et j'appelle le chauffagiste. Super ! Il ne peut rien faire, les composants ne sont pas disponibles pour le moment, pas de délai prévu. Je râle et lui fais savoir mon mécontentement, mais en pure perte. Ça me soulage à peine. Elle m'amène une tasse de chocolat qu'elle pose sur le bureau. C'est vrai que je suis gelée. Gelée de l'intérieur. Pas sûr que la boisson puisse y faire grand-chose. En tout cas, la tasse me réchauffe les mains. Elle est restée devant moi et semble attendre quelque chose. Des remerciements peut-être ?

— Que veux-tu ?

— Je me demandais… s'il serait possible que j'appelle pour rassurer ma famille. Ce serait pas long.

Ah… Elle a une famille. Je la regarde indécise puis lui tends le téléphone. Elle s'éloigne dans le salon avec, mais reste à portée d'oreille.

— Maman ?

— …

— Oui, tout va bien. On est bien arrivées. C'est magnifique. En pleine nature.

— …

— Oui, ça se passe bien.

— …

— Non. Je t'assure. Tu vois, y'a le téléphone finalement.

— …

— Oui, je te promets. Prends bien soin de vous deux. Je te rappelle quand je peux.

Effectivement, ce fut rapide. À peine m'a-t-elle rendu le combiné que ça sonne. Voilà pourquoi ce téléphone est le plus souvent déconnecté. Pas moyen d'être tranquille. Oh ! Je connais ce numéro, c'est celui de Carla.

— Bonjour, Carla.

— …

— Oui. Je viens de le brancher.

— …

— Ça se passe.

— …

— OK. Je te la passe.

Ma chère avocate veut s'assurer que mon invitée est toujours vivante à ce qu'il me semble. Petit dialogue entre deux inconnues sur le mode : « Tout va bien. Je vais bien. ». Comique ou pathétique, j'hésite. Maintenant, Carla me fait la morale. Enfin, du bla-bla quoi. Je la tranquillise entre cynisme et hypocrisie. Pas sûr qu'elle soit dupe. Elle fait comme si et nous raccrochons.

Revenons un peu au concret. Je traite mes mails. Analyse, décision, action. Les directives filent vers les différents acteurs de la sphère économique de Julia : l'administration de ses biens propres, qui sont accessoirement aujourd'hui les miens, la direction de « Puffins for life »[5], fondation de défense de la nature que nous avons montée ensemble. À elle, la communication et les actions, à moi la gestion et les finances. Même si on faisait tout à deux, nous avions chacune notre domaine de prédilection.

Encore le téléphone. Je hais ce truc. Oh, merde ! Shermann Brooks ! Je le sens pas ce mec. Je n'ai jamais compris pourquoi Julia traitait avec lui.

Conversation courte. Il doit me parler. Il s'invite pour demain, huit heures tapantes comme d'hab. Il ne manquait plus que ça. Je déteste cet abruti. Il est

---

[5] Macareux pour la vie

glauque. Il vaut mieux que j'anticipe les problèmes. Bon, elle est où ? Le salon ? Non. La cuisine ? Non, la bibliothèque ? Non. Je vais faire toute la maison ? La chambre ? Bingo ! Décidément, elle aime lire. Je rentre dans la pièce :

— Il faut qu'on parle.
— Je vous écoute.

Elle a l'air un peu inquiète d'un coup. Je devrais faire ça plus souvent. Bref…

— Demain, à huit heures précises, j'ai de la visite. C'est une relation de Julia avec qui elle travaillait pour sa fondation. Il est glauque et non fréquentable. J'aurais préféré te dire de rester dans ta chambre et de ne pas apparaître. Mais ce mec a des antennes, il sait que tu es là et si je t'escamote, il va penser qu'il y a quelque chose de louche. Donc je te présente, je verrai comment, et ensuite tu te fais discrète, genre dans la cuisine. Et tenue plus que sobre. Genre nonne.
— Il vient pour quoi ?
— Aucune idée, mais forcément avec une intention mal venue. Au fait, généralement il se déplace en hélico et se pose sur la pelouse. Le but du jeu, c'est qu'il reparte le plus rapidement possible. Nous sommes d'accord ?
— Oui, bien sûr.

**

L'hélico posé, je ne lui laisse pas le temps de sonner et le fait entrer dans le salon.

— Alex, quel plaisir de vous revoir !

— Plaisir non partagé et vous le savez. Que voulez-vous ?

— J'ai entendu dire que vous aviez une invitée.

— J'ai une assistante. Mais je suppose que vous ne venez pas juste pour ça ?

— Vous pourriez me la présenter ?

— Je n'en vois pas l'intérêt. Mais elle prépare le café, vous la verrez donc. Revenons à nos moutons.

— Bien, bien. J'ai besoin de vos services, Alex.

— C'est hors de question. Tout ça, c'est fini pour moi.

— Vous abandonnez le combat de Julia ? Je suis très étonné.

— Je le poursuivrai à ma façon. Je n'étais pas d'accord avec cet aspect des choses.

— Sans doute. Mais la situation est grave. Nos indics sont en danger.

— Comment ça ?

— Une fuite a eu lieu. Farnworth a récupéré la liste de tous vos informateurs et s'apprête à la vendre au plus offrant.

— Oui. Enfin, on est quand même pas dans un film d'espionnage ! Ils partiront et puis c'est tout.

— Oh, ce n'est pas si simple. Vous croyez que les laboratoires et autres multinationales vont se contenter de quelques licenciements ? C'est une illusion. Certains le paieront de leur vie.

— N'importe quoi. On ne fait que libérer des animaux de tests et dénoncer des scandales et pratiques douteuses. On ne tue pas pour ça.

— Mais pour les milliards qu'ils ont perdus avec vos actions, oui.

Le café arrive au bon moment pour me permettre de prendre un peu de recul. Je pense qu'il exagère, mais comment en être sûre ?

— Voici donc votre charmante assistante. Bonjour, mademoiselle.

— Bonjour, monsieur.

— Oh, appelez-moi, Shermann, je vous en prie.

— Je crains que cela ne soit pas compatible avec mes fonctions. Veuillez m'excuser.

— Au plaisir.

Ça, c'est fait. Revenons au problème.

— Vous voulez quoi exactement ?

— Nous devons récupérer la liste dans le bureau de Farnworth.

— Et ?

— Il faut repérer les lieux.

— On le connaît par cœur son bureau.

— Il a déménagé.

— Je ne vois pas en quoi cela me concerne. Vous n'avez qu'à envoyer quelqu'un.

— Avec cette liste, il a peut-être démasqué tous

mes gars. Je ne peux pas prendre le risque.

— Je suis sa bête noire. Je ne comprends pas ce que vous voulez que je fasse.

— Il ne connaît pas votre assistante.

— C'est hors de question.

— Pour elle, ce n'est pas dangereux. Elle ira en tant que journaliste pour une interview. Tout est prêt. Carte d'identité. Carte de presse. Story Book.

— J'ai dit non.

— Il n'y a pas d'autre choix.

— Je vais y réfléchir.

— L'interview est programmée. On doit partir dans trente minutes au plus tard.

— Non, mais je rêve ! Vous vous foutez de ma gueule ? Vous débarquez comme ça et vous croyez que je vais vous suivre comme un gentil toutou ?

— Non. Mais c'est un cas de force majeure. Je n'ai pas le choix et vous non plus.

Je fulmine. Il a raison. Il le sait et je le sais aussi. Mais c'est juste impossible. Je vais dans la cuisine. Elle me regarde.

— Tu as entendu la conversation ?

— Oui. Vous voulez que je le fasse ?

— Tu n'es pas obligée d'accepter. Ce qu'on va faire a une finalité illégale et c'est dangereux.

— C'est important, non ?

— Oui. Mais t'entraîner là-dedans ne faisait pas partie du contrat.

— Le contrat, c'est autre chose. Julia l'aurait fait ?

— C'est pas forcément une bonne raison.

— Elle ne peut pas le faire à cause de moi. Je dois donc le faire.

Je la regarde perplexe. Elle est décidée. Mais je parierais qu'elle a pas réalisé qu'on va partir en hélico. Elle me suit dans le salon quand je m'adresse à nouveau à Brooks :

— Elle fait l'interview. Je suis le patron de l'opération. C'est moi qui prends les décisions et personne d'autre.

— OK. Y'a juste un détail…

Pourquoi j'ai l'impression que le détail n'en est pas un ?

— Quel détail ?

— La tenue bien sûr ! On ne se balade pas dans les locaux de Farnworth & Co en Jean et Sweat.

— Ben, il va falloir faire avec. Elle n'a pas de garde-robe « Femme d'affaires ».

— Mais Julia si !

— Non !

— Elles font la même taille. À peu près, la même carr…

— Non ! Non ! Et non !

— Mais nous n'avons pas le choix, elle ne passera pas la porte d'entrée dans cette tenue.

— On ira lui acheter un tailleur en ville.

— Le timing est trop serré. Il faudra qu'elle assimile sa couverture. Si elle perd du temps en boutique, cela la mettra en danger.

D'échappatoire, je n'en ai pas. Mon cerveau fonctionne à toute allure pour trouver une solution acceptable, mais je sais qu'il n'y en a pas.

— Laissez-nous. On vous rejoint dans l'hélico.

Il arbore un sourire satisfait en la scrutant. Un regard que je n'aime pas du tout.

Je me tourne vers elle et lui fais signe de me suivre. Ne pas réfléchir. Agir en automate. Je lui indique ma chambre et lui demande de m'attendre.

Je vais dans la pièce en face. J'ai la tentation de lui ramener un ensemble à moi, mais je suis légèrement plus grande qu'elle. Forcément, cela ne lui ira pas. Je ressors avec un tailleur pantalon gris perle et veste assortie, un chemisier blanc et des bottines à petits talons appartenant à Julia. Ne pas penser. Je la rejoins et lui tends l'ensemble.

— Je ne peux pas mettre ça. Vous savez que vous ne le supporterez pas.
— Mets-le.

Elle me regarde indécise. Je quitte la chambre et je tire la porte. Je m'adosse au mur en face et je ferme les yeux, ma main sur le pendentif. Ne rien voir, ne rien entendre, ne rien penser. Finalement, je retourne au salon. Mais avant, je prends un long manteau doublé, elle en aura besoin.

Je ne sais combien de temps s'est écoulé quand j'entends la porte s'ouvrir. Elle est dans l'encadrement. Et dans la pénombre, je vois… Julia ! Elle s'est arrêtée et n'ose pas bouger. Elle attend ma réaction. Mes paupières m'épargnent cette vision insupportable. Je sais que ce n'est pas Julia. Mais c'est troublant. Elle est vraiment… Je rouvre les yeux. Et les larmes coulent, malgré moi. Lentement une à une. Julia n'est plus là.

Je suis tétanisée. Elle avance vers moi. Elle arrive à ma hauteur. Je la sens perturbée. Du pouce, elle efface mes larmes. Nos regards sont soudés. Elle me prend la main et m'entraîne vers l'extérieur.

Avant de sortir, je la lâche : inutile que Brooks soit témoin de ça. J'aurais préféré ne pas le voir non plus. Je lui fais mettre le manteau, j'enfile ma parka. Elle s'arrête malgré elle à quelques mètres de l'engin. Le salaud n'a pas fait les choses à moitié. Il a sorti son Sikorski S76, customisé « commando ». C'est-à-dire aucun équipement superflu pour gagner du poids. Pas de siège. Hublots aveugles. Ceintures de sécurité ancrées dans le sol. Cabine insonorisée pour préparer les opérations sans être gênés par le bruit du rotor. Pas de repère visuel ni sonore, donc sensations et sentiment d'insécurité décuplés pour elle. Je vais devoir assurer. Elle s'est tournée vers moi. La panique n'est pas loin.

— Tu respires. Tu me fais confiance. Tout va bien. On va monter.

Je passe devant elle comme pour l'avion et elle me

suit. Je dépasse le marchepied et lui donne la main pour qu'elle entre à son tour. Elle est blanche. Brooks est assis à l'avant. Il me tend un casque de communication, sourire en coin. Je l'ignore et m'adresse au pilote :

— Allumage rotor dans dix minutes.

Cela nous laisse le temps de nous installer et de la sécuriser. Je ferme le rideau entre la cabine de pilotage et le reste de l'appareil.

Je l'entraîne vers le fond, j'étale une couverture sur le plancher et j'y prends place, adossée à la paroi arrière. Je lui fais signe de venir s'asseoir entre mes jambes. Mon genou va encore morfler, mais tant pis. Elle hésite puis se pose comme indiqué, dos à moi. Je boucle sa ceinture puis la mienne. Je passe mes bras autour d'elle et je resserre légèrement mes jambes contre les siennes pour lui faire un cocon. Elle est raide comme un piquet. Elle ne s'appuie pas sur moi. Je ferme mon micro. Inutile qu'on m'entende à l'avant.

— Détends-toi. Je suis là, il ne peut rien t'arriver.

Elle se relâche un peu. Je l'attire vers moi. Elle me laisse faire. Je perçois une légère vibration. Le pilote a démarré le rotor. Elle est de nouveau toute raide. Je murmure à son oreille. Elle pose sa tête sur mon épaule.

— Tout va bien. Ferme les yeux. Écoute ma voix.

Oublie tout le reste. Il n'y a que toi et moi. Rappelle-toi le loch Ness. On est sur la berge. On monte dans une barque. Je t'emmène en balade. On se balance légèrement sur la surface de l'eau. Tout est calme. On est en harmonie avec la nature. Le silence est confortable. Tranquille. Tu te détends. On passe un bon moment ensemble.

Elle se relâche progressivement. On sent le décollage. L'accélération. Vitesse de croisière. Ça bouge un peu, mais pas trop. Je continue de lui décrire notre balade. À la fin du trajet, je n'aurai plus de voix peut-être. Je sais que je lui parle à elle. Mais j'ai l'impression de tenir Julia dans mes bras. Mon cœur va exploser.

8 - Engrenage

Édimbourg, hangar de l'aérodrome.

Nous voilà posées. Tout s'est bien passé. Elle a tenu le choc. Si j'osais, je dirais qu'elle ferait un bon petit soldat. Elle a la capacité de dépasser ses limites, avec un peu d'aide. Enfin bref, nous sommes dans notre camp de base : un hangar de l'aérodrome où on a atterri. Elle a pu se rafraîchir un peu. Je la briefe sur son rôle. Elle a des facultés de mémorisation impressionnantes. Je connais sa capacité à garder son sang-froid. La mission devrait bien se passer.

On repart dans quinze minutes, en voiture cette fois. Je vais finir de l'équiper en lui attachant une chaîne avec un médaillon autour du cou. Afin qu'il soit visible, je défais un bouton supplémentaire du chemisier. Elle me regarde bizarrement, mais me laisse faire.

— C'est ta caméra. Elle nous retransmettra tout ce

que tu vois et on enregistre. Mais l'optique a un angle limité, donc tu essaies de faciliter la prise de vue tout en restant naturelle. Et tu mémorises tout au cas où on aurait besoin de renseignements complémentaires. Tu ne prends aucun risque. Ta mission est juste de nous fournir le plan des lieux pour le commando qui interviendra demain pour récupérer la liste. Cette montre est un micro, on entendra également ce qui se dit. Tu pousses discrètement le bouton en haut à droite pour le déclencher dès que tu es dans la voiture. Tu as des questions ?

— Non, je crois pas.

— Ne te fie pas à l'air affable du mec que tu vas rencontrer. Il va te faire son numéro de charme. Tiens-le à distance. Reste professionnelle, dans ton personnage.

— J'ai compris.

Je vérifie une dernière fois sa tenue. Ce tailleur lui va vraiment comme un gant. Elle semble sûre d'elle et de son pouvoir de séduction là-dedans. Elle fronce les sourcils et me demande :

— Quelque chose ne va pas ?
— Non. Ta couverture est parfaite.

Je lui donne son cartable professionnel avec ses papiers et tout ce dont elle aura besoin pour l'interview : le bloc-notes avec les questions préparées et l'enregistreur. Un dernier regard. Elle semble attendre un mot de moi. Je n'ai rien à lui dire.

— Encore un détail : tu prends la voiture seule. Je serai dans le petit camion derrière et je suivrai tout de là.

— D'accord.

Elle paraît déçue, voire contrariée.

Je monte à l'arrière de la camionnette et m'installe au poste de contrôle. Je vérifie tous les écrans et notamment la caméra du médaillon. Le son provenant de la montre fait également l'objet d'un test minutieux. Je repasse mentalement tous les tenants et aboutissants de l'affaire. Les enjeux, les risques, les moyens dont je dispose. Tout me semble sous contrôle. On a déjà utilisé ce véhicule pour des opérations précédentes. Je sais qu'il y a d'autres équipements disponibles. Je vais vérifier quand même. OK, tout est à sa place. Brooks m'observe. Je l'ignore. Je ne suis pas là pour lui. Le camion s'arrête. Nous sommes prêts. Merde ! Il faut que je l'intercepte avant qu'elle quitte la voiture. Je me précipite dehors et je repère la berline. Je rentre dedans alors qu'elle s'apprêtait à sortir. Elle est inquiète de me voir.

— Quelque chose ne va pas ?

Je ferme le micro de sa montre avant de lui répondre. Mon regard accroche le sien, mais je ne sais pas quoi lui dire exactement. Je me sens ridicule. Pourtant, il faut que je lui précise certaines choses.

— Je voulais que tu n'aies aucun doute. Quelles que soient nos relations, je veillerai à ta sécurité. Si tu es en danger, je fonce dans le tas et je te ramène. Et je te dis pas ça comme ça. Les missions « rescue »[6], je connais, OK ?

Ses yeux brillent. Elle ne répond rien. Elle me sourit légèrement. Je demeure impassible, je rallume le micro et sors de la voiture. Le reste est entre ses mains.

***

Tout se déroule comme prévu. Elle a passé sans encombre le standard et le secrétariat. Nous avons toutes les informations nécessaires quant à la configuration des lieux. L'interview est parfaitement bien menée, elle assure. Entre professionnalisme et léger jeu de séduction. Je vois bien qu'il n'est pas indifférent. Mais elle évite habilement les sous-entendus. Elle sait gérer des importuns, on dirait. En douceur, mais avec fermeté. Sa secrétaire lui passe une communication. C'est inhabituel. Il s'excuse et prend son interlocuteur. J'écoute attentivement.

— Tout est prévu pour demain soir. Il n'est pas question de changer de plan.

— …

— C'est moi qui organise et qui décide. Tu le convaincs de venir demain soir comme tous les autres.

---

6 Sauvetage

Ce sont des enchères. Je ne vais pas tout déplacer !

— …

— Il me fait chier !

— …

— Merde ! Je vais devoir y passer la journée. Et revoir complètement la sécurité.

— …

— Non ! L'objet sera transporté demain matin. Ce soir, il reste où il est.

Il regarde un tableau au mur. Un Kandinsky si je ne m'abuse. Ma main à couper que son coffre est derrière. La conversation se termine et il met également fin à l'interview. Elle est sur le chemin du retour. Tout est sous contrôle, mais mon instinct me dit qu'on a un problème. Je réalise alors que Brooks était au téléphone lui aussi. Il est contrarié. Son regard est vide. Son cerveau tourne à plein régime.

La voiture et le camion repartent. Je suppose qu'on rentre à la base.

***

Nous sommes à nouveau dans le hangar de l'aéroport. Nous devrions partir, mais Brooks se fait attendre. Il m'agace, c'est le moins que l'on puisse dire. Nous sommes installées dans des fauteuils autour d'une table basse. Elle a fermé les yeux. Ses traits sont un peu tirés. La journée a été rude. Je sais qu'elle n'est pas assoupie. Brooks arrive.

— On a un problème.

— Non ! La mission est terminée pour nous. On rentre, le reste ne nous concerne pas.

— Ce n'est pas aussi simple. La vente a été avancée à demain soir. Il faut agir cette nuit.

— J'avais compris. Mais c'est pas de mon ressort, il me semble.

— En principe, non. Mais je n'ai pas d'équipe d'intervention disponible pour ce soir.

— …

— Tu dois le faire.

Et depuis quand il me tutoie ?

— Ça va pas ? J'ai pas fait ça depuis plus de dix ans. Je connais pas son coffre et j'ai plus mes outils.

— Je peux te fournir tout le matériel et les informations nécessaires. Tout était prêt pour l'intervention de demain soir.

— Sauf l'ouvreur et son escorte visiblement.

— Tu sais comment ça se passe ? Y'a toujours des grains de sable.

— C'est plus une mission de routine là. On est dans du lourd !

— Je sais et je sais que tu sais faire. Que tu as été bien formée et que tu n'as rien oublié malgré toutes les années.

— Ma forme physique n'est plus ce qu'elle était. Je ne peux plus faire ça.

— Le problème est le même que ce matin. Soit tu le fais, soit tes agents sont morts.

— Tu fais chier, bordel !

Elle a sursauté et ouvert les yeux. Je me suis levée et je marche dans le hangar. Encore une fois, je suis piégée. Mais là au moins, je ne mets que moi en danger.

Je reviens vers Brooks. Mode professionnel ON. Je sens l'adrénaline qui commence à monter. J'avais perdu ce genre de sensation. Mon esprit s'aiguise. Penser à tout. Ne rien oublier. Il m'emmène vérifier le stock et là, j'ai comme un doute. C'est mon matériel. Pas un matériel identique. C'est le mien. Je le regarde, soupçonneuse, et il me dit que Julia le lui avait confié, au cas où. Je préfère ne pas m'attarder sur le sujet. On revient vers la table. Il amène son dossier. Je vérifie les infos sur le coffre. C'est un matériel récent, mais je connais. Sous couvert de sécurité, j'ai pratiqué des tests pour Julia. Ce modèle en faisait partie. Il me détaille l'intervention. On atterrit en ULM furtif sur le toit de l'immeuble. Je neutralise le système d'alarme. On descend en rappel sur la façade sur trois étages et on rentre par la fenêtre. Je braque le coffre. On s'échappe par la même ouverture jusqu'au sol et on disparaît en voiture. Simple et efficace. Tout est cadré dans les moindres détails. Comme au bon vieux temps. Sauf que…

— Il me faut un équipier pour me dégager des tâches physiques. Le matériel est lourd. Et je vais avoir besoin de toutes mes ressources pour assurer.

— Je n'ai que des pilotes. Ils ne savent pas

descendre en rappel.

— Mais c'est quoi ce bordel ? Tu recrutes dans les pochettes surprises maintenant ?

— Ça s'appelle la spécialisation. Chacun à sa place avec ses compétences.

— Résultat : on est dans la mouise. Pourquoi je suis capable de tout faire à ton avis ?

— Je suis désolé. Mais je n'ai rien à te proposer.

— Je m'engage pas sur une mission comme ça sans soutien. C'est pas possible. Tu te démerdes. On part.

— Tu peux pas faire ça !

— Je suis pas suicidaire. En tout cas, pas comme ça. Pas en risquant de ruiner l'œuvre de Julia si je me fais chopper.

— Si tu ne le fais pas, le résultat est le même.

Je me sens lasse tout d'un coup. Marre de tout devoir assumer. Marre de me laisser manipuler par un abruti pareil. Je ne peux pas faire ça seule. Mon instinct ne m'a jamais trompée. L'unique fois où je suis allée contre je suis tombée sur un os. Un os charmant puisque c'était Julia. Mais cela aurait pu très mal tourner pour moi si elle n'avait pas maîtrisé son « arsenal ». Je sais que je ne dois pas le faire seule. Personne ne peut m'accompagner. Je le fais pas. CQFD[7].

— Je peux le faire.

---

[7] Ce Qu'il Fallait Démontrer : formule qui conclut une démonstration mathématique.

Je me retourne d'un bloc et je vois en une seconde le regard carnassier de Brooks se poser sur elle.

— Ne te mêle pas de ça, tu ne sais pas de quoi tu parles.

— J'ai fait de la varappe tous les étés depuis que je suis gamine. Je maîtrise le rappel.

Je fais signe à Brooks de nous laisser.

— C'est pas un jeu. Et le danger est sans commune mesure avec cet après-midi.

— J'en ai conscience.

— Vraiment ? Tu es prête à risquer ta vie, voire ta liberté, pour une cause qui n'est pas la tienne ? Pour m'aider moi ? Tu plaisantes là !

— Cette cause me touche autant que vous. Et j'ai une dette envers vous. Envers Julia. Je ne peux pas revenir en arrière. Je ne peux pas réparer. Permettez-moi de vous aider au moins.

Je n'aime pas qu'elle prononce le prénom de Julia. Mon regard se durcit.

— Non. Ça marche pas comme ça.

— Ne laissez pas votre haine vous aveugler. Vous ne pouvez le faire seule dans votre état. Et j'en suis responsable. Je peux le faire. Je ne le dirais pas si ce n'était pas le cas.

— Tu as oublié l'ULM.

— Apparemment, mon destin est de tester tous les

modes de transport aérien, non ? Un peu plus, un peu moins.

— C'est un ULM. Tu seras dans le vide. Aucune sécurité.

— Ma sécurité, c'est vous. Je fermerai les yeux et je me concentrerai sur votre présence.

— Bien sûr. Comme si ça pouvait suffire !

— Ça suffira.

Elle est folle… folle et convaincue. Je prends ma tête dans mes mains et mes paupières closes trahissent ma lassitude. Je ne peux pas accepter… je ne peux pas refuser. Je la hais de me mettre dans une situation pareille.

***

Nous sommes dans l'hélico du retour. Tout s'est étonnamment bien passé. La mission est remplie. Elle a assuré. Même sur l'ULM. Elle semble avoir dépassé sa peur de ce qui vole. Elle est assise à côté de moi, épaule contre épaule, les yeux fermés. Un peu tendue, mais sans plus. Je devrais lui être reconnaissante de ce qu'elle a fait et, pourtant, je lui en veux. Je lui en veux parce que j'ai dû accepter son aide à plusieurs reprises pour porter le matériel, pour mettre en place certaines choses. Je savais que mes défaillances physiques me poseraient des problèmes. Mais de là à admettre d'être dépendante d'elle ! En tout cas, c'est fini tout ça, Julia. Désormais, la fondation agira uniquement avec des moyens légaux. J'en suis la présidente et je refuse ce genre de chose. Je ne veux plus avoir à faire avec Brooks. Il a tenu à nous raccompagner. Je ne vois franchement pas pourquoi. Je ferme les yeux à mon tour et ma main revient par réflexe sur mon pendentif. Je dois vraiment rompre avec mon passé maintenant. Tu m'as tout donné, Julia. À moi, la petite cambrioleuse que tu as surprise une nuit ouvrant ton coffre. Un regard… un long regard entre nous et tu as baissé ton 357 Magnum. J'aurais juré à l'époque que tu ne savais pas t'en servir. Grossière erreur. Heureusement que ton regard m'a captivée. Tu as baissé ton arme, tu m'as tendu la main et je t'ai suivie. Je t'aurais suivie au bout du monde. Tu m'as fait changer de vie tout en utilisant mes capacités pour la sécurité de tes affaires. Et peu à peu, tu m'as enrichie de tes connaissances comme si tu savais qu'un jour je devrais te remplacer.

Ce soir, j'ai bouclé la boucle. La cambrioleuse a définitivement tourné la page. La femme d'affaires a fini son apprentissage. Je suis prête, je le sais. Il me reste un ultime choix à faire. J'assume ton héritage, Julia, ou je nous venge. Les deux sont incompatibles. Si je me venge, je perds tout, tout ce qui atteste de ton passage sur cette terre. Si je nous venge, je te trahis. Si je ne nous venge pas, je me trahis.

Cette décision-là, je ne suis pas prête à la prendre. Choisir une voie, c'est renoncer à l'autre. Je ne peux renoncer à aucune des deux.

Il est nécessaire que je retrouve un état plus normal. Une condition physique correcte en premier lieu. Je vais commencer par réinvestir la piscine du sous-sol, avec la salle de gym. Ensuite, je retournerai à la salle de boxe du village. Mais pour ça, il me faut un genou en bon état. Je dois terminer ma rééducation en fait. Alors, je serai en pleine possession de mes moyens et capable de prendre ma décision… et de l'exécuter.

Petit choc. Les vibrations cessent. Je sors de l'hélico sans un regard. Brooks et elle me suivent. J'ouvre la porte et indique le salon à Brooks. Elle me rattrape dans la cuisine :

— La trêve est terminée de nouveau, n'est-ce pas ?
— Oui. Tu étais prévenue.
— Je vais faire du café.

Ses yeux brillaient. Elle s'est détournée. Je devrais réagir autrement. Je ne le peux pas. Elle a tué Julia.

Je passe dans le salon. S'il me tutoie encore, je le fiche dehors direct.

— Bien. Maintenant qu'on est là que voulez-vous de plus ?
— Juste discuter un peu.
— Et de quoi, au juste ?
— De votre « assistante ». Inutile de nier, je connais les faits. Son identité. Le contrat.
— …
— Je m'étonne qu'elle soit encore là. Tu as les contacts nécessaires pour la faire disparaître sans être inquiétée.
— Ce que je fais ou ne fais pas ne vous regarde pas.
— Sans doute, sans doute. Mais… elle est bien

jolie, n'est-ce pas ?

— …

— Vu qu'elle est à « ta disposition », je me disais que tu en profitais outrageusement ?

— Dégage !

— Bon si cela ne t'intéresse pas, cela m'intéresse. Tu y trouverais ton compte en espèces sonnantes et trébuchantes bien…

Il n'a pas le temps de finir sa phrase que mon poing atterrit violemment sur son nez. Le sinistre « crac » attendu booste mon adrénaline et je m'apprête à le faucher alors qu'il tente de se relever. Avant de pouvoir agir, je me sens tirée en arrière. Mon regard la foudroie. Elle reste posée. Elle me lâche. Qu'a-t-elle entendu ? Je perçois que Brooks s'approche de moi. Je me retourne et le saisis au col pour le traîner vers la sortie. Plaqué contre la porte d'entrée, les mains sur son nez, il ne fait plus le malin.

— Tu n'existes plus. La fondation n'existe plus pour toi. Si je te retrouve de quelque façon que ce soit sur mon chemin, je te détruis.

Son air arrogant ne me dit rien qui vaille. J'ajoute :

— Je connais les « assurances » de Julia et le dossier qu'elle avait contre toi est toujours actif. Au moindre évènement suspect…

Il est blanc comme un linge à présent. Je ne sais pas

ce qu'il y a dans ce dossier, mais, visiblement, c'est efficace. Il disparaît sans demander son reste. Elle est devant moi dans l'entrée. Cette fois, des larmes ont coulés. A-t-elle cru que je pouvais accepter une ignominie pareille ?

— Je n'ai rien à voir avec ce genre d'individu. L'incident est clos. Je vais bosser.
— Je peux vous aider ?
— Non.

Je l'ignore une fois de plus. Elle peut bien faire ce qu'elle veut. Même si je n'aime pas ce que je perçois à cet instant dans son regard et que je ne saurais définir.

Je fais en sorte que nos agents se retirent en douceur et ne soient plus menacés. On a récupéré une liste, mais elle était cryptée et je ne suis pas sûre… Connaissant Brooks, il est possible qu'il m'ait totalement manipulée et que cela n'ait rien à voir avec eux. Mais bon, je vais changer les directives. Je rédige différentes notes à l'attention du service juridique et des différents chefs de secteurs en leur demandant de réorienter notre action en fonction des nouvelles consignes. Je sais déjà que certains vont ruer dans les brancards. Tant pis ! S'il le faut, je ferai du ménage.

Tiens, un mail du chauffagiste : le fournisseur est en rupture de stock sur la pièce. C'est bien la peine d'avoir un truc à la pointe de la technologie !

Un autre de Carla : le juge a des ennuis. Il est possible que la situation change. Elle dépose une tasse de café et repart sans un regard.

Je réalise d'un coup qu'imposer un virage philosophique aussi radical au sein de la fondation va peut-être m'obliger à investir les locaux en attendant que tout soit sous contrôle. Décidément, j'ai l'impression que je ne vais jamais arriver à prendre le temps de respirer. À travers la baie vitrée, mon regard se pose sur le paysage. On avait rêvé de cette vie calme à l'abri du stress et de la pollution. Mais le monde nous rattrape toujours. Soit je laisse gérer à d'autres et je ne contrôle rien, soit je m'implique et adieu la tranquillité. En même temps, ça m'empêchera de penser. Je ferme les yeux. Le silence, comme un baume sur mes nerfs à vif, apaisant. Mais pas total. Le feu crépite dans la cheminée. Un chien aboie au loin. Le vent sur la lande. Un oiseau… Si j'insistais, je suis sûre que j'entendrais les brins d'herbe pousser ! Je souris malgré moi. Bon, un nouveau café me ferait du bien. Je passe devant l'âtre et je m'arrête direct. Elle s'est assoupie sur le canapé. Elle est épuisée. Physiquement ? Nerveusement ? Les deux sans doute. Son visage est détendu. Je réalise que c'est de la tristesse que j'ai vue dans son regard tout à l'heure. Je positionne un plaid sur son corps. Manquerait plus qu'elle se réveille à cet instant. Je vais dans la cuisine et je ferme la porte pour me faire mon café bien corsé.

Mon humeur s'assombrit. Je ne suis pas là pour prendre soin d'elle, mais pour lui pourrir la vie ! Brooks a raison. J'ai les moyens de me débarrasser d'elle physiquement sans dommage. Mais franchement quel intérêt ? Autant cela pouvait avoir un sens quand je pensais rejoindre Julia, autant maintenant… Puisque je vais souffrir de l'absence de Julia tant que je serai en vie, qu'elle souffre tant que je pourrai lui faire la misère. Il y a juste un problème : je ne sais pas comment faire. Je vais devoir être plus efficace ! Pour profiter de chaque occasion, de chacune de ses faiblesses. Revenge !

9 - Cohabitation

Sander House.

La soirée a été glaciale. Elle me renvoie de la tristesse, de l'incompréhension, de la sollicitude aussi. Je ne peux qu'ignorer tout cela. En plus, il va encore falloir qu'on partage le lit. Ça devient inconfortable, même en cent soixante. J'aurais besoin de tranquillité au moins la nuit. Mais si c'est dérangeant pour moi, ce doit être pire pour elle.

J'ai déjà pris l'habitude de l'attendre douillettement installée contre la tête de lit. Elle n'aime pas mon regard sur elle à ce moment-là, je le sais. Elle sort de la salle de bain et évite soigneusement tout contact visuel. Elle ouvre les draps de son côté d'un geste brusque. Et... grosse grimace ! Évidemment, j'aurais pu y penser avant : notre escapade a laissé des traces ! J'investis la pièce à mon tour. Le temps de la douche me permettra de réfléchir.

Quand je sors, je capte son regard avant de lâcher d'un air autoritaire :

— Déshabille-toi !

Elle ne bouge pas et je vois passer toutes ses émotions en quelques secondes : incompréhension, déception, douleur, peur. Elle est tellement choquée qu'elle n'a pas remarqué ce que j'ai dans la main. Je lui montre mon gel contre les contractures :

— J'ai comme dans l'idée que tu en as besoin. Ne t'avise pas de me dire que non, tu le regretterais.

Mon Dieu si ses yeux étaient des mitraillettes... ! Après un instant d'hésitation, elle se tourne et enlève le haut de son pyjama. Je n'avais même pas remarqué qu'elle dormait avec un soutif. Quelle idée ! Je pensais qu'elle s'allongerait sur le ventre, mais elle reste assise, en tailleur face à la tête de lit. Bon, elle est homo, je vais pouvoir m'amuser un peu. Je me mets à genoux derrière elle, mes genoux touchent ses fesses. Elle ne bronche pas. En même temps dans l'hélico, elle était beaucoup plus proche... mais pas aussi dénudée. Un sourire mutin étire mes lèvres.

— Tu as mal où exactement ?
— L'omoplate droite.

Hum... Je n'ai pas le choix n'est-ce pas ? Je pose mon index sur sa clavicule et je fais descendre la bretelle, lentement. Au contact, elle a frissonné. Euh, mon doigt est froid ? Non, je ne crois pas. Cette fois, c'est un sourire sadique ? Je recommence avec celle de gauche. Elle ne dit toujours rien, mais sa respiration s'accélère. Je passe mes doigts sous l'agrafe et la défais lentement. Elle a la chair de poule à présent. Elle empêche le soutien-gorge de tomber. Hum, j'adore la rondeur de ses épaules. Je pourrais imaginer... Non, tu ne peux pas ! Je prends du gel dans ma paume droite. Je positionne ma main libre sur sa clavicule gauche pour la maintenir et j'applique consciencieusement l'anti-inflammatoire par mouvements circulaires. Quand il a pénétré, je la libère :

— Remets le pyjama et allonge-toi.

Elle hésite, mais enfile son haut sans le soutif et bascule sur le ventre. Je la recouvre de la couette pour que la chaleur aide le gel à faire effet et je vais me laver les mains.

Quand je reviens, elle n'a pas bougé. Elle s'est endormie ? Je m'allonge à mon tour, sur le côté, tournée vers elle. Elle est éveillée. Son regard est indéfinissable. Elle doute. Elle doute de moi. J'ai réussi mon coup cette fois on dirait.

— Je ne suis pas Brooks. Je te l'ai dit.
— Je m'en souviens.
— Mais tu as vraiment cru que j'allais profiter de la situation ?
— Mon instinct me disait que non. Mais...
— Mais ?

— Mais vous avez remarqué que l'épisode avec Brooks m'a ébranlée. Je vous ai laissé voir cette faiblesse malgré moi. Et je sais…

— Tu sais ?

Sa détresse me touche malgré moi. Je me retiens de justesse de la prendre dans mes bras.

— Je sais que vous pouvez exploiter chacune de mes faiblesses pour vous venger. Celles que je vous montre et celles que vous n'imaginez même pas.

— Demain, on part dans la lande. Tu as intérêt à récupérer cette nuit parce que ça va pas être du gâteau.

Son regard s'intensifie. Elle me défie ? Ou c'est autre chose que je ne perçois pas ? Je repasse la scène mentalement. Elle a pris le risque de me laisser faire. Son corps a réagi. Plus qu'il n'aurait dû ? Non, mais, elle ne peut pas être attirée par moi, hein ? Elle ne peut pas. Je ne sais pas ce qu'exprime mon regard en cet instant, mais il me semble qu'elle a rougi. Je suis dingue.

***

Je me suis levée à l'aube. Je réorganise la fondation. Comme prévu, je dois gérer quelques défections. Rien de grave. Juste des têtes brûlées. C'est très bien comme ça. Je voulais partir dans la lande ce matin, mais ma jambe me tire encore légèrement. Ce serait ballot que j'en bave plus qu'elle. J'ai un peu de mal à me concentrer. La scène d'hier repasse dans ma tête. Je ne me reconnais pas. Profiter ainsi de la situation et en plus m'en amuser. À refaire, je le referais. C'est bien ça le pire. Pour m'en amuser, certes... pour ressentir aussi la chaleur d'un corps sous mes doigts. Oh, merde ! Il est urgent de mettre de la distance. De la glace. De la haine.

Le téléphone me sort du marais où je m'englue lamentablement. Eileann, la gérante du pub du village voisin, veut savoir à quelle heure elle peut amener Moïra. En fin de matinée, ce sera très bien. Je raccroche avant de me rendre compte que c'est une grosse connerie : elles vont déjeuner avec nous. Je n'ai pas besoin de témoins en ce moment et aucune excuse pour éviter le repas. Je pourrais aller sur la colline. Personne ne viendra m'y chercher. Pas même Eileann. Mais les laisser ensemble toutes les trois n'est pas une bonne idée.

Du bureau, je la vois se diriger dans la cuisine. Elle fait du café. Elle m'en amène. Avec un sourire triste. Je ne lui ai rien demandé, mais refuser un café est contre ma culture. Avant que j'aie décidé de réagir, elle est repartie dans son refuge. Elle va déjeuner, je suppose. Quelques instants plus tard, elle se dirige vers la bibliothèque. Elle n'est pas précisément l'image que j'avais des rats de bibliothèque. Et merde ! Pourquoi je lui ai fait enlever ce fichu pyjama ?

Bon, j'ai quelques rapports financiers à potasser. Ça douchera toute idée subversive, à condition que j'arrive à me concentrer. La lecture parvient à me captiver. Je prends des notes et rédige un mémo pour un placement futur. Je finis de le transmettre à la cellule d'investissement pour vérification de mes conclusions quand j'entends un bruit familier. Non! Elle n'a pas fait ce que je pense ? Je me précipite vers la bibliothèque un sourire aux lèvres. J'approche discrètement et je reste dans l'encadrement de la porte. Elle me tourne le dos, mais j'observe son visage dans le miroir. Entre étonnement et intérêt, elle tient en main le boîtier qui lui a permis d'ouvrir la trappe du plafond, juste au-dessus du canapé. Mais il fait sombre là-haut. Elle ne voit pas ce qu'il y a dedans. Va-t-elle utiliser les autres interrupteurs ? Je suis curieuse de sa réaction. J'attends sans faire de bruit. Son regard va du boîtier à la trappe. Elle appuie sur le deuxième bouton et un cliquetis métallique précède l'apparition qui lui fait ouvrir de grands yeux… effrayés ? Elle perçoit alors ma présence et se retourne d'un bloc tandis que la chaîne descend dans son dos. Elle est blanche comme un linge et tellement perturbée qu'elle ne sait pas quoi faire. Je m'avance finalement vers elle et lui prends le boîtier des mains :

— La curiosité est un vilain défaut.

Je lui fais faire demi-tour vers la chaîne qui s'est arrêtée en la tenant par les épaules. Je reste collée à elle tandis qu'elle détaille malgré elle l'objet du délit et ses attributs : des bracelets, du cuir. Je lui murmure à l'oreille :

— Tu sais à quoi ça sert ?

Une faible dénégation sort de sa bouche entrouverte. Je la retourne vers moi. Mon regard sans concession la transperce et tout en douceur j'ajoute :

— Tu veux un dessin ?
— Non.
— Tu préférerais une démonstration peut-être ?
— Non.

Hum… Un non pas aussi virulent qu'il aurait dû l'être. Nous sommes toujours très proches. Elle soutient mon regard. Son visage est passé du blanc au rouge. Gênée ou intéressée ? Je ne saurais le dire.

— Tu as de la chance. Moïra nous rend visite avec Eileann, la gérante du pub. Nous n'avons pas le temps de nous amuser.

Et sans la quitter des yeux, je remets en place le matériel.

***

Moïra et Eilean ne vont plus tarder. Je ranime le feu et je me détends sur le canapé. Elle s'est mise en tête de faire le déjeuner. Ça sent bon. Je crois qu'il fallait qu'elle s'occupe l'esprit après son début de matinée… mouvementé ! Je souris malgré moi. Elle n'a posé aucune question, ne s'est pas excusée. Sans doute attendait-elle une grosse colère de ma part.

Logiquement. Sauf que… Je n'étais pas en colère, juste amusée. Cela faisait partie de ma vie avec Julia. Mais c'était quand même anecdotique. Je me rappelle le jour où on a découvert le système. Elle n'a jamais su qui l'avait mis en place. Pourtant, elle en a fait des recherches. Je me souviens de sa réaction ce jour-là. Amusée, ébahie… intéressée ! Et le regard qu'elle m'a lancé était sans équivoque. Julia, Julia, pourquoi m'as-tu abandonnée ?

J'entends la Jeep d'Eilean. Je vais les accueillir. Elle ne fait pas mine de quitter son occupation favorite. Salutations d'usage. Moïra s'inquiète de son absence. Je l'envoie vers la cuisine. Eileann m'entraîne vers l'extérieur pour une petite balade. Je remarque au premier coup d'œil la disparition de son pendentif chardon, celui que Julia offrait à toutes ces amies. Son regard, comme chaque fois qu'il se pose sur moi, est plein de tendresse. Je suis cependant perturbée :

— Tu ne portes plus ton pendentif ?

— Je suis désolée. C'est trop dur. À chaque instant, il me ramène à Julia. Ne m'en veux pas.

— Je ne t'en veux pas. C'est juste que… C'est pas grave.

— Comment vas-tu, ma belle ?

— Ça va.

— Vraiment ? J'ai cru comprendre que la situation était tendue.

— Pas du tout. Je vois pas pourquoi tu dis ça.

— Parce que je te connais ? Parce que je sais bien ce qui te ronge, parce que…

— N'en rajoute pas. J'avoue.

On s'assied dans l'herbe, face à la mer. La brise est légère pour une fois.

— Tu étais son amie d'enfance, Eileann. Comment le vis-tu, toi ?

— Mal. Mais je suppose qu'il faut tourner la page.

— Pourquoi as-tu choisi de rester pour le déjeuner ? Tu sais qu'elle est là.

— Moïra m'a parlé d'elle. Si je peux la voir comme une personne et non plus comme… peut-être que j'arriverai à tourner la page moi aussi. À oublier cette colère qui ne m'a toujours pas quittée.

— Tu crois que tu pourras ?

— Que penses-tu d'elle, toi ?

— …

— Mais encore ?

— Je sais pas. Elle est spéciale.

— Euh… Dans quel sens ?

— Je sais pas…

— Pas à moi ! Exprime le fond de ta pensée. Va la chercher dans ton subconscient si nécessaire !

— J'ai du mal à cerner ses réactions, son caractère, sa personnalité.

— Teste-la !

— Sans blague ! Tu crois que je la ménage ?

— Hum… Sans doute pas. Alors ?

— Elle accepte tout ce qui vient de moi. J'ai parfois l'impression qu'elle s'est constituée prisonnière, qu'elle s'est offerte en victime expiatoire. Qu'elle est lisse, que rien ne la touche.

— Parfois ?

— Parfois.

— Et le reste du temps ?

— Je devine une sensibilité à fleur de peau. Du caractère aussi.

— Elle te plaît, on dirait.

— J'ai pas dit ça !

— Non, tu l'as pas dit.

Elle me regarde avec un air… soupçonneux !

— Tu crois que je pourrais trahir Julia ?

— Ma belle, ce ne serait pas une trahison envers Julia.

— À ton tour de me dire le fond de ta pensée.

Elle hésite. Qu'est-ce que j'ai loupé ? C'est une fille qui prend toujours le taureau par les cornes. Qu'est-ce qui la freine cette fois ?

— Dis-moi, Eileann. Tu sais que je peux tout entendre venant de toi.

— Je… Tu n'en as aucune idée, n'est-ce pas ?

— Euh… non.

— Pffff…

Elle ne me regarde plus. Je ne l'ai jamais vue aussi embarrassée. Va-t-elle renoncer à m'expliquer son attitude ?

— Je suis là pour toi, Eileann. Dis-moi ce qui te

tracasse.

— OK. D'abord, je veux que tu saches que Julia était au courant. On en avait parlé.

Je suis dans la panade. Elle se tourne à nouveau vers moi et capte mon regard. Avec une intensité…

— Je… J'ai toujours eu un faible pour toi, Alex.

Je reste bouche bée. Mon cerveau a buggé. OK, du calme, j'ai mal compris. Elle sourit et ses yeux se posent sur la mer.

— Désolée. Il fallait que je te le dise. Tu n'as pas besoin de rajouter quoi que ce soit. Je souhaitais que tu le saches, c'est tout. J'espère que je ne t'ai pas blessée et que tu ne m'en voudras pas.

— Je t'en veux pas. C'est juste que… j'ai l'impression d'être dans la quatrième dimension.

— J'ai jamais compris comment tu avais fait pour ne pas t'en apercevoir. Julia a capté très vite. J'avais peur qu'elle se sente trahie. Mais elle m'a dit qu'on ne pouvait pas toujours maîtriser ses sentiments et qu'elle était bien placée pour savoir la force de ceux que tu pouvais inspirer. Et que je venais de lui prouver qu'elle pouvait avoir confiance en ma loyauté.

C'est trop. Mes larmes coulent une fois de plus. Cette évocation de Julia lui rend totalement justice. Je percute une nouvelle fois tout ce que j'ai perdu. L'abysse que je sens en moi est bien réel. Ma main rejoint la sienne. Elle a perdu Julia aussi et ses larmes soulignent notre perte commune.

— Bon. Et si tu me présentais ton invitée ?

— Tu crois qu'on est présentables ?

— Quoi ? Je suis pas à ton goût ?

— Hum… Je sais pas comment je dois prendre ça maintenant !

— Juste comme avant, ma belle. Avec humour.

Elle m'a rendu le sourire. Son… affection et son amitié me sont précieuses. Je dois dorénavant faire attention à ne pas lui faire de mal. Je ne lâche pas sa main et l'emmène tranquillement vers la maison.

***

Eileann a fait en sorte que le déjeuner ne soit pas tendu. Enfin, disons que je n'ai pas ressenti de tension parce que je n'étais pas vraiment là. J'aurais donné n'importe quoi pour mettre mon cœur et mon cerveau sur pause. Je ne peux pas fixer mon attention sur la conversation. Je capte quelques regards : celui de Moïra, inquiet, réprobateur peut-être, celui d'Eileann, cherchant à me ramener, le dernier, triste, fatigué et inquiet aussi. Elle fait des efforts pour accompagner Eileann même si elle semble parfois focalisée sur moi. J'admire Eileann. Comment fait-elle ? Elle parle avec bienveillance à la fille qui a tué sa meilleure amie. C'en est trop pour moi. Je quitte la table précipitamment.

Je pars directement au sous-sol : objectif piscine !

Le temps de me changer et je rentre dans l'eau par l'escalier, lentement. La température est idéale comme d'habitude. J'aurais dû verrouiller la porte. Mais si l'une d'elles se pointe, elles sont capables de la défoncer. Je ferme les yeux et continue d'avancer jusqu'à n'avoir plus pied. Je me laisse flotter. Tout oublier. Ne sentir que l'eau sur ma peau. Aussi légère que tes caresses. Aussi chaude que ta peau. En apesanteur. Dans un désert apaisant. Le néant contre l'absence. Je ne sais pas combien de temps je suis restée comme ça. L'eau a envahi mon esprit et a achevé de me vider toute entière. Je me sens calmée. Je nous vois sur l'Old Man Storr, au soleil couchant, tes bras m'entourent, tes mots me touchent au cœur. Les espaces de ce pays et l'amour qui nous liait t'inspiraient toujours. Et je retenais mon souffle, pour emmagasiner tes mots, m'en enivrer. Je les porte en moi. Ils sont miens à jamais.

Je sens tes mots circuler dans mes veines. Ils me réchauffent de l'intérieur. Me donnent une furieuse envie de nager. De m'épuiser pour noyer la colère et la haine qui me rongent. Nager. Nager pour oublier le négatif. Ne garder que tes mots, tes caresses, la chaleur de ton corps.

À bout de souffle, je m'arrête. Mes membres tremblent de fatigue. Je suis vidée, mais apaisée. Pour combien de temps, je ne sais pas, mais je vais essayer d'en profiter un peu. La porte est entre-ouverte. Quelqu'un est passé. Eileann, je pense. Je sors du bassin et m'assieds sur le bord. Je mets une serviette sur mes épaules et replonge mes jambes dans l'eau.

Eileann… Que dois-je faire de sa confidence ? Je ne suis même pas étonnée au fond. J'ai toujours ressenti sa tendresse. Elle n'a jamais eu un geste déplacé. Son amitié avec Julia a résisté à ça. Julia savait s'entourer de belles personnes dans sa vie privée. Comment ne pas la blesser ? Je souris. Elle m'a parlé après avoir suggéré que ma visiteuse pouvait s'intéresser à moi. Jalousie ? Curieuse déduction quand même vu qu'elle connaît la situation. La scène du massage me revient à l'esprit. Ses frissons. Je n'ai pas fait très attention, mais je sais qu'il ne faisait pas froid dans la chambre. Non, mais… c'est pas possible, quoi ! Au pire, c'était une réaction physique. Elle est homo et pas de bois. Me voilà prévenue. La distance s'impose. Manquerait plus qu'une complication pareille me tombe dessus ! C'est juste… innommable ! Bon, ça suffit avec les conneries. Ce n'est pas comme s'il y avait eu des scènes douteuses. Le massage, c'était limite, mais- isolé. Et malgré moi, me reviennent en tête tous nos moments de proximité : l'avion, la moto, l'hélico, la mission. La mission, dans le silence de la nuit, son regard et son corps contre moi quand elle m'a rattrapée de justesse, son inquiétude. Oh, merde ! Heureusement qu'elle me déteste… Pourquoi me reste-t-il un doute ?

Je frissonne. Je prends rapidement une douche et me rhabille. Il va falloir que je les affronte. Quelle heure est-il ? Presque dix-huit heures ! J'ai passé l'après-midi dans l'eau. Je n'y sens pas mes douleurs. Je vais bien… au moins physiquement.

10 - Chemins de traverse

Sander House.

Je prends quelques secondes avant d'ouvrir la porte du salon. Un rapide regard m'apprend qu'Eileann n'est plus là. Pas de chance. J'ai la tentation de filer vers le bureau et de m'occuper l'esprit. Mais je sais que je dois reconduire Moïra. Pas de chance… deux fois. Je n'ai pas envie qu'elle s'éternise non plus :

— Je te ramène ?
— Si cela ne te dérange pas.
— Pure formule de politesse !
— Pas de sarcasmes avec moi, jeune fille. Je peux aussi passer la nuit ici. Ton invitée sera ravie d'avoir une vraie compagnie.

Un regard incendiaire vers ladite invitée me confirme qu'elle garde obstinément les yeux sur son magazine. Mais la rougeur de son visage la trahit. Tu ne perds rien pour attendre, toi! Grossière erreur de les laisser en tête à tête.

Je prends les clefs et me dirige vers la voiture. Qui ne m'aime pas me suive! Ma belle sérénité a fondu comme neige au soleil! Je sens que ça va chauffer.

***

Je l'attends dans la voiture. Elle monte enfin. Sa porte claque. Plus fort que nécessaire. Je mets le contact et accélère rageusement. La Wrangler décolle.

— Inutile de nous envoyer dans le fossé. Ça ne résoudra rien.

— …

— Écoute, je veux pas me disputer avec toi. Mais quand même, tu devrais faire un effort.

— Mais bien sûr! C'est pas comme si j'avais de bonnes raisons.

— C'est pas ce que je voulais dire. Mais il est temps de tourner la page.

— C'est une expression à la mode ça!

— On essaie de t'aider, Alex. Ça nous fait mal de te voir comme ça. Tu te fais du mal. Tu lui fais du mal.

— Tiens donc! Tu m'intéresses. Elle a pleuré dans ton giron?

— Même pas. Elle te couvre, la pauvre. Mais je te connais et ses silences sont évocateurs! J'imagine trop ce qu'elle ne dit pas… et j'aime pas ce que j'imagine.

— Alors, n'imagine pas.

— Mais enfin, Alex, c'est pas toi tout ça! Réveille-toi! Où est passée la jeune femme chaleureuse et bienveillante que Julia a ramenée avec elle ?

Ça, c'est un coup bas. Je m'arrête devant chez elle. Et lui assène les yeux dans les yeux :

— Dans la tombe sur la colline peut-être, non ?

Elle hésite un instant. Mais elle est troublée. Elle renonce et sort sans un mot.

Je repars et décide de noyer ma colère dans l'alcool. Le pub d'Eileann est au village. Je vais au village.

***

J'hésite sur le seuil. Je ne suis jamais venue seule et je ne bois quasiment jamais à vrai dire. Juste un doigt de single malt, de loin en loin. Eh bien, il faut une première pour tout dans la vie. Le reste ayant échoué lamentablement.

Quand j'entre, tous les regards se posent sur moi et le volume des discussions diminue. Quelques sourires. Des interrogations muettes. Évidemment, tout le monde me connaît, mais les gens par ici sont discrets de nature. Si je ne vais pas vers eux, ils me laisseront en paix et reprendront leurs conversations. Je file vers le bar où j'ai repéré Eileann. Elle me sourit :

— Je ne pensais pas te voir ce soir.
— Tu m'as lâchement abandonnée.
— Désolée. Je manque de personnel. Kareen est repartie pour ses cours et Shaun est malade. J'ai essayé

119

de ramener Moïra, mais elle voulait te parler.

— Elle a pas été déçue du voyage.

— Je peux pas dire que ça m'étonne. Mais Sam l'a frustrée malgré elle.

— Comment ça ?

— À l'entendre, tu es une hôtesse parfaite et tu prends bien soin d'elle. Grâce à toi, elle n'a plus peur en avion !

— Sérieux ? Elle a dit ça ?

— Oui. C'était curieux comme mélange.

— C'est-à-dire ?

— À la fois mal à l'aise de ce qu'elle cachait et convaincue de ta « bonté » pour elle.

— Non, mais tu te moques de moi, là ?

— Pas du tout. Elle gagne à être connue cette gamine.

— Toi aussi !

— Moi aussi, je pense que c'est une fille qui ne mérite pas ce qui lui arrive, qui a fait une boulette, qui fait front avec beaucoup de courage. Parce que comme Moïra, je te connais et je sais que tu ne la ménages pas.

— On boit pas dans ton bar ?

— Tu veux quoi ? Scottish Cola comme d'hab ?

— Non. Donne-moi de quoi me saouler.

— Sans blague ? Tu es au courant que tu tiens pas l'alcool ?

— Je tiens rien du tout depuis deux ans. Alors un peu plus, un peu moins…

— Macallan ? Lagavullin ? Ou Guinness ? J'ai jamais vu la bière faire effet aussi vite sur quelqu'un d'autre que toi !

— Ouais, Guinness. Le reste, ce serait gâcher.

Je la détaille le temps qu'elle me serve ma pinte. C'est une belle femme. Pas très grande, mais bien proportionnée. Un regard à tomber. Vert pétillant en ce moment. Elle est heureuse que je sois là. Elle m'amène mon verre et on l'appelle dans la salle. Elle va faire le tour des tables. Un caractère bien trempé, mais toujours posée. Comme sa Guinness. Je souris de ma connerie et, pourtant, je ne peux me voiler la face. Elle a pris le parti de l'autre. Pourquoi je ne peux lui en vouloir ? Julia lui pardonnait tout. Toutes ses excentricités. Toutes les filles qu'elle ramenait. Dieu seul sait où elle allait les chercher. Toutes plus déjantées les unes que les autres ! Et puis son père est mort. Elle a relancé le bar. Elle l'a modernisé. Elle a fait d'un endroit un peu glauque, un pub chaleureux et cosy.

Chaque gorgée de Guinness augmente la température de mon corps. Et mon esprit vagabonde loin des lourdeurs de mon quotidien. Je regarde Eileann virevolter de table en table. Parfois juste un mot. Parfois, elle s'arrête quelques minutes. Tous les mecs la reluquent d'un peu trop près ! Mais elle sait se faire respecter. Tiens, la petite rousse là-bas semble intéressée, elle ne la quitte pas des yeux. Eileann arrive à sa table, mais ne s'attarde pas. Oups ! Une déçue de plus. Depuis qu'elle a repris le bar, elle évite toute conquête dans le village ou aux alentours. Quant à une histoire sérieuse… Mon cerveau s'embrume, mais je ne me rappelle pas qu'elle ait ramené quelqu'un depuis fort fort longtemps.

Tiens, Shaun passe la porte. Il est venu bosser finalement. C'est moi ou sa bise est un peu trop appuyée ? Euh… de quoi je me mêle moi ? Enfin de toute façon, c'est pas comme s'il avait une chance. Elle revient de sa tournée :

— Tu tiens toujours debout ?

— Ouais. En même temps, je suis assise.

— C'est exact. Depuis quand tu t'intéresses à ce qui se passe en salle ?

— Oh… Euh… Depuis que tu y es ?

— Trop facile. Tu t'es jamais intéressée à moi.

— C'est pas vrai ! Et puis…

— Et puis ?

— Peut-être que ça pourrait changer.

J'ai sorti ça sans la regarder et j'ai plongé le nez dans mon verre. Elle ne réagit pas. Je lui tends mon verre vide et l'observe du coin de l'œil. Elle est perplexe.

— À quoi tu joues ?

Bonne question. Je n'en sais strictement rien. Qui a dit que je jouais d'abord ?

— Tu me ressers ?

— Pas sûre que ce soit une bonne idée.

— Mais si. T'inquiète. Tant que je suis en état de parler !

Elle s'exécute quand même. À vrai dire, je n'ose plus la regarder. Mais je n'en ai pas besoin, son visage est gravé dans ma tête, son air à la fois inquiet et légèrement indigné. Je suis pas claire. Je sais que je devrais prendre la poudre d'escampette.

Mais son corps aussi est imprimé dans ma cervelle de moineau. Je réalise que depuis deux ans, je n'ai rien vu, rien ressenti. Ni pour elle ni pour d'autres. Et d'un coup... je me retrouve plus de dix ans en arrière, quand le nombre remplaçait la qualité de mes relations. Une fille de passage chaque soir. Des sensations différentes chaque soir. Cela ne m'a pas manqué. Julia comblait tout. Mais Julia n'est plus là et cette deuxième bière ne remplit pas le vide. Je m'accoude un peu plus au bar. La tête commence à me tourner.

— Je te ramène. Ne discute pas.
— Je... vais... rien... euh... bien.

Oula ! Pourquoi les mots se mélangent ? Elle m'invite à la suivre. Je descends de mon tabouret haut... et elle me rattrape de justesse. Je suis dans ses bras. Mes yeux se ferment tout seuls. Je sens ses courbes contre moi. Fait chaud.

— Tu sens bon, Eileann.
— C'est ça. Ma voiture est derrière. On y va.
— La mienne est devant.
— Je te la ramènerai demain avec Shaun.

Elle ouvre la porte de l'arrière-salle, me la fait passer et la referme. Oh my god ! Je l'ai plaquée contre le panneau. Mes lèvres sont dangereusement proches des siennes. Aïe ! Positions inversées. Mes mains sont prisonnières d'une poigne d'enfer et ne peuvent plus se balader.

— Ne nous fais pas ça, Alex. Ni à toi. Ni à moi. Tu vas être sage ?

— Ma tête est très sage. Mon corps bouge tout seul.

— OK, tu es interdite de Guiness jusqu'à nouvel ordre.

— En même temps, tu es plaquée contre moi, ma belle. Ça n'aide pas.

— Tu as raison. Ça n'aide pas.

Elle s'éloigne lentement et me lâche tout comme mes jambes qui me portent plus. Elle me rattrape encore une fois. Je ferme les yeux. Je ne la vois pas. Je ne la sens pas. Ni elle ni son parfum… envoûtant. Elle me fait entrer dans sa Jeep. J'ai froid tout à coup. J'arrête de respirer alors qu'elle attache ma ceinture. Je commence à avoir mal au crâne. Elle démarre. Je m'isole. Ne rien dire, ne rien penser, ne rien voir, ne rien sentir.

Je ne me rends pas compte du trajet. Je suis entre rêve et réalité. Je refuse de revenir à la réalité. La voiture s'est arrêtée. Un feu dans la lande ? Trop drôle. Je vais virer clown. Clown triste alors ? Non, j'ai jamais aimé les clowns tristes. À vrai dire, les clowns pas tristes non plus. Ma ceinture a sauté. On me fait sortir du véhicule. Un corps à gauche, un corps à droite. Pour que je marche droit ? Plutôt pour que je marche tout simplement. Marrant : les deux corps me sont familiers. Je ne saurais dire pourquoi, ni qui… Mais c'est confortable. Je suis allongée. Plus rien ne bouge. Je me concentre sur les voix :

— Non. Elle n'a bu que deux bières, mais elle la tolère mal.

— C'est de ma faute. Elle ne supporte plus ma présence.

— Elle doit passer un palier et c'est douloureux. Ta présence l'aide à faire le chemin.

— Vraiment ?

— Oui. Je le pense sincèrement.

— Et toi, Eileann ?

— Quoi, moi ?

— Tu me hais aussi ?

Silence. J'ai l'esprit ailleurs, mais j'enregistre très clairement la conversation. Marrant comme le cerveau peut-être sélectif.

— Je ne crois pas qu'elle te haïsse.

— Il y a des choses que tu ignores. Je ne voulais pas que Moïra lui reproche quoi que ce soit, alors que le problème c'est moi.

— Je la connais bien. Ce que je ne sais pas je le devine, crois-moi.

— …

— Tu dors où ?

— Euh… dans la chambre à côté. Pourquoi ?

— Je préférerais que tu la surveilles cette nuit. Je vais vérifier si l'angle de vue le permet.

Ah oui, mais… elle dort avec moi. Elle a oublié ?

— Sam ?

— Oui ?

— La pièce est glaciale. Dis-moi qu'elle ne t'a pas laissé passer la nuit ici ?

— Mais y'a juste un problème de chauffage, c'est provisoire.

— Sérieux ! Je vais lui botter les fesses quand elle sera lucide ! Parce que là, elle a dépassé les bornes ! Non, mais sérieux !

— Euh… attends.

— Attends quoi ? Tu vas pas la défendre en plus ?

— C'est que… En fait…

— En fait ?

— Je t'ai menti. Je dors ici.

— Ici ? Euh… y'a qu'un lit !

— Oui.

— Vous dormez dans le même lit ?

— Oui, mais c'est pas ce que tu crois.

— Je crois rien du tout. J'hallucine. Elle te laisse dormir dans son lit ?

— Oui.

Euh, Eileann, t'es fâchée ? Dis-moi, je peux pas voir ta tête.

— Je suis désolée. Je…

— Tu n'y es pour rien. Je suis juste surprise. Bien donc tu vas faire attention à elle cette nuit ?

— Oui. Ne t'inquiète pas.

— OK. Je ramènerai la Wrangler demain matin. Pas la peine de me raccompagner, je connais le chemin.

Oups, Eileann t'es fâchée, dis ? Pourquoi elle répond pas à ma question ?

— Sam ? Je ne te hais pas. Tu es quelqu'un de bien et j'espère que la tension entre vous s'apaisera.

Cette fois, la porte est refermée.

***

Je me réveille de méchante humeur. Mal de crâne carabiné. Bouche pâteuse. Je n'aime pas ça. Entre rêve et réalité, je ne sais pas trop ce qui s'est passé hier soir. Le pub, une bière et après… pfiou. Je préfère penser que j'ai imaginé ! Paracétamol. Beaucoup d'eau. Une purification s'impose. Je rentre dans la bibliothèque. Bingo !

— Dans une heure, on part en balade pour la journée. Tu prépares un sac avec de quoi boire et manger.

— Eileann doit ramener la voiture ce matin.

— Elle a pas besoin de nous pour ça.

Elle acquiesce. Son regard est plein de questions. Ne les pose pas. Tu n'aimeras pas les réponses.

Le paracétamol fait effet. Au pas de charge : un petit-déj' solide, une douche, un sac avec un nécessaire de premiers secours, une boussole au cas où, et deux ou trois petites choses.

Je la rejoins dans la cuisine. Elle est équipée. Carla a dû lui parler du pays. J'équilibre les deux sacs. Tant mieux, elle ne pourra pas m'accuser de l'avoir prise en traître. Objectif MacLeod's Tables[8] ! Aller-retour, environ vingt kilomètres dans un terrain irrégulier et tourbeux, elle va souffrir la miss !

***

Nous voilà arrêtées pour le déjeuner. J'ai mis la barre très haut dès le démarrage. Elle est en bonne forme, mais elle ne connaît pas les spécificités de la marche sur ce genre de terrain. Il faut faire attention aux trous, aux poches d'eau, aux dénivelés, aux bottes de mousse… et ce d'autant plus que la beauté des paysages attire le regard bien plus que le sol sous nos pieds. Avec l'habitude, je n'ai plus besoin de l'observer : je sens la terre. Ce n'est pas son cas. Je l'ai vu trébucher plus d'une fois. J'ai hésité à ralentir l'allure à plusieurs reprises. Si elle se foule une cheville, je suis mal barrée. Mais c'est plus fort que moi. Je veux qu'elle en bave cette fois. Je sais que je vais souffrir aussi en fin de parcours. Je n'ai pas retrouvé une

---

[8] deux collines plates curieuses et proéminentes visibles de nombreuses parties de l'île de Skye.

forme optimale, mais la séance de natation d'hier m'a fait beaucoup de bien. J'y retournerai en rentrant.

Elle mange sans parler face aux MacLeod's Tables. Nous allons en faire le tour. On a fait à peu près la moitié, mais pas la plus difficile. Son visage est tendu. Elle ne cherche pas mon regard. Je me pose, dos contre la terre, et je ferme les yeux. J'écoute le silence environnant. Enfin, si on peut parler de silence. Le clapotis de la rivière un peu plus bas, parfois le meuglement d'une vache écossaise à poils longs qui appelle son petit. Je surveille son approche quand même. Elles sont placides… tant qu'on reste à bonne distance de leur progéniture ! Les oiseaux aussi participent à cette symphonie naturelle. On ne les voit pas souvent, mais on les entend !

Elle s'est allongée comme moi. Mauvaise idée. Ses muscles vont refroidir. Le redémarrage va être compliqué. Je devrais le lui dire. Mais je n'ouvre pas la bouche. J'ai l'impression d'être vide. Je fais que des conneries. Est-ce que je ne suis plus l'Alex de Julia ? Est-ce que je suis devenue une Alex froide et coupante comme l'acier ? Ces paysages que j'aime par-dessus tout et qui me réchauffaient l'âme et le cœur, ils m'apaisent un peu aujourd'hui. Ils contiennent ma colère. Mais la joie a disparu. Les couleurs sont plus ternes. Mon œil voit les couleurs du passé, pas mon cœur.

Bon inutile de s'éterniser. Je me redresse. Elle m'imite péniblement. Elle retient ses larmes. J'imagine l'ancienne Alex avancer la main pour la soutenir. Mais la nouvelle ne bouge pas. Elle ne ressent rien, que du froid. La marche va la réchauffer… sans doute. Je devrais prendre son sac. Je ne le fais pas.

***

Nous voilà en vue de la maison. Il reste l'ultime pente. Elle boite bas. Je n'ai pas fait un geste vers elle. Elle a fortement ralenti l'allure sur le dernier tiers du parcours. Je ne me suis arrêtée que quand je savais qu'elle m'avait perdue de vue. Dès qu'elle arrivait, je repartais. Sans un mot, sans un regard. Je me hais. Plus je me hais, plus je marche vite. Mes jambes commencent à me faire souffrir aussi. Je n'ose imaginer son état. Je ne l'attends pas. Elle ne peut plus se perdre maintenant. Elle a d'ailleurs ralenti l'allure très fortement. Elle s'arrête même. Je sais qu'elle est à bout. Une fois devant la porte, je jette un regard en arrière. Je ne vois pas son visage. Elle est assise contre un arbre. La tête entre les mains.

Je rentre. Je prends une douche et me change. Je fais le feu avant de me poser sur le canapé. Pourquoi est-ce que je ne vais pas la chercher ? Pourquoi est-ce que j'ai laissé faire mon côté sombre ? Je voulais l'atteindre. Je pense que c'est fait. Je me dégoûte.

La porte d'entrée s'ouvre. Ses pas s'éloignent vers la chambre. Sa chambre. J'y vais ? J'y vais pas ? Le minimum, c'est de la laisser tranquille, non ? Comment j'ai pu faire ça ? Non seulement y penser, mais le mettre à exécution et m'y tenir toute une journée. Et rester indifférente à sa souffrance. À sa fierté. À sa dignité.

J'entends la douche. J'y vais ? J'y vais pas ? Ma chambre m'offre un refuge provisoire. Je peux aller la voir ou me cacher. Julia, je fais quoi ? Te voilà. Tu as répondu à mon appel en fin de compte. Te revoilà enfin dans cette maison qui est la tienne. Pas besoin de me dire que tu es en colère, je le devine sans peine. Ton regard me désigne la porte de communication. Ah... Tu crois ? OK, OK, je ne discute pas.

***

J'entre dans sa chambre alors que le bruit de l'eau s'arrête et je m'adosse à la porte de communication. Elle a un mouvement de recul quand elle me voit. Elle est emmitouflée dans un grand pull épais et un jogging informe, mais sans doute confortable. Ses cheveux sont mouillés. Je ne peux pas la laisser dans cette annexe du congélateur même si elle a besoin d'espace. Elle me regarde sans bouger, avec un peu de crainte. C'est la première fois. Ça me fait mal. Elle avance un peu et une grimace se dessine sur son visage.

— Ne reste pas dans cette chambre. Il fait trop froid. Tu vas te crisper et accentuer tes douleurs. Et prends du paracétamol, ça diminuera les courbatures demain.

Elle s'est assise sur le lit. Ses bras entourent ses jambes repliées. Son menton est posé sur ses genoux. Elle paraît si vulnérable à cet instant. Elle me regarde indécise. Elle est touchée, je le vois. Dans son corps, dans son mental.

— Tu vas partir ?

Elle me fait non de la tête. Et têtue comme une mule avec ça ! Elle se lève pour rejoindre ma chambre. Je m'écarte malgré ma colère. Mais alors qu'elle va passer la porte, je mets mon bras en travers de sa taille et la plaque contre le chambranle. Décidément, ça devient une habitude. Mon corps est collé au sien. Elle fait mine de me repousser avec ses mains. Je prends ses poignées et les lui maintiens au-dessus de la tête sans forcer. Nos regards sont à hauteur l'un de l'autre. Je devrais y voir de la haine, de la colère. Et rien de tout ça. Juste… de la déception ? De la lassitude ? De la douleur aussi. Sa respiration est calme et posée. Elle est si… Comment je peux continuer à la malmener ainsi ? Comment je peux résister à… à tout le reste. Les mots esquivent la censure de mon esprit, comme un soulagement :

— Ne me laisse plus te maltraiter comme ça.

Je la lâche et me retourne pour sortir par la porte opposée.

— Est-ce que je ne suis pas là pour ça ? Pour donner une échappatoire à votre douleur et votre haine ?

Sa réplique m'arrête. Son désespoir m'atteint de plein fouet et ma colère explose ! Qu'attend-elle pour se défendre ? Qu'attend-elle pour me rembarrer ? Jusqu'où me laissera-t-elle aller ?

Je me retourne d'un bloc et reviens vers elle à pas de loup. Elle n'a pas bougé depuis que je l'ai lâchée. Je plaque à nouveau mon corps contre le sien et approche lentement ma bouche de son visage. Alors que sa respiration s'accélère, je murmure à son oreille :

— Tu vas faire la pute aussi pour remplacer ma femme ?

Cette fois, elle me repousse violemment et je me cogne contre la commode. La douleur fait retomber ma colère. Opération apaisement loupée. Je suis lamentable. Elle a fui vers le salon.

11 - Montagnes russes

Sander House, piscine.

J'ai noyé tout ce que je pouvais ressentir dans le bassin une fois de plus. Je nage, je nage et je nage encore. Mais le dégoût surnage. Il a estompé la colère, le désespoir, la douleur.

Comment j'ai pu lui dire une chose pareille ? Non, mais comme si j'avais pu y songer sérieusement. Mes membres s'engourdissent, mon cerveau aussi. Tant mieux. Une douche rapide. Des vêtements chauds et confortables. J'ai la dalle. Je passe par la cuisine pour grignoter quelque chose. Elle est invisible. Je vais dans la chambre. Elle est allongée. Elle dort ? Non, je ne pense pas. Elle fait semblant. Quoique la journée a été rude et physiquement et mentalement. J'ai besoin de lâcher prise aussi. Sauf que… ouais, le canapé du salon fera l'affaire. Et tant pis pour les courbatures supplémentaires, je les aurai bien méritées !

Réveil douloureux. Physiquement. Mentalement.

J'ai bien dormi par contre. Beaucoup mieux que ces dernières nuits. Elle est dans la cuisine. Je l'entends travailler. J'ai bien envie d'aller voir ce qu'elle fait. Mais je crois qu'un passage par la douche s'impose, histoire de m'éclaircir l'esprit et d'éviter les boulettes.

L'eau chaude me fait un bien fou. Relaxant, apaisant. Je suis habillée. Je n'ai plus d'excuse pour retarder la confrontation. Comment va-t-elle se comporter ce matin ? Aucune idée.

Quand j'entre dans la cuisine, elle relève la tête et m'accueille sereinement. Non sérieux ?

— J'ai fait des pancakes. Vous en voulez ?

Des pancakes ? C'est ça sa réaction ? Des pancakes ? Son regard se fait plus intense. C'est une trêve qu'elle me propose. Je lui tends une assiette. Son sourire devient plus franc et elle me sert une montagne de pancakes.

— Tu peux essayer de me gaver, mais je marcherai toujours plus vite que toi !

J'affiche un demi-sourire. Elle me le rend sans hésitation. Ses yeux pétillent.

— Ça, c'est sûr ! Mais vous n'avez pas beaucoup de mérite. Je n'ai aucun entraînement.

Elle s'assied à son tour et grimace malgré elle.

— Comment vas-tu ?

— Bien.

— Il est vrai ce mensonge ?

— Je vais bien. Merci de vous en inquiéter.

Son regard est grave cette fois. Je ne sais plus quoi dire.

— Ils sont parfaits tes pancakes.

Les conversations civilisées cachent souvent beaucoup de non-dits, n'est-ce pas ? Ce n'est pas moi qui vais insister. Je lui prépare un cachet de paracétamol effervescent. Elle m'observe étonnée. Ben quoi ? C'est la trêve, non ?

***

Tout est calme. Feutré. Je ne sais pas ce qui s'est passé, mais je ne ressens plus de tension. Comme si j'avais épuisé la haine et la colère. Enfin. Mais j'ai peur qu'un incident la ravive. J'évite de penser à Julia. J'ai envie d'aller sur la colline. Mais ce n'est sûrement pas une bonne idée. Elle va m'engueuler pour hier, c'est certain. Et je ne vais pas le supporter. Je reste donc sagement dans la maison, même si mon regard est souvent tourné vers la colline. Je m'efforce de travailler. J'ai du retard à rattraper. Et puis, je m'inquiète pour ce soir. Vais-je dormir dans la chambre ? À première vue, le malaise a l'air dissipé. Mais forcément elle y pensera et moi aussi. Elle est aux petits soins aujourd'hui. Elle cuisine pour un régiment ! Il paraît que mon congélateur est vide et que Moïra lui a dit de le remplir pour s'occuper. Elle m'apporte régulièrement du café ou du chocolat. C'est un peu trop, mais bon, je ne vais pas rompre la trêve. La journée passe comme dans un rêve. Sans tension. Sans explications non plus. Elle ne cherche rien… rien d'autre que l'apaisement. Elle tente soigneusement de me cacher ses grimaces, mais je ne suis pas dupe, je sais qu'elle souffre. Vers le milieu de l'après-midi, je la ramène dans le salon.

— Il est temps de t'arrêter un peu, non ?
— Je vais bien. Il n'y a pas de soucis.
— Je suis pas stupide. Je suis consciente de ce que j'ai fait. Soit tu te reposes maintenant, soit tu as droit ce soir à un massage… quasi intégral !
— Vous n'oseriez pas ?
— À ton avis ?

Elle me sourit, mais elle s'allonge sur le canapé. Je la recouvre d'un plaid. Elle semble troublée. Je repars vers le bureau. Pourquoi je ne peux pas m'empêcher de la chercher ? Elle aurait pu mal le prendre après hier soir.

J'ai complètement zappé Eileann de mes pensées. Je lui dois des excuses. Je n'ai vraiment pas assuré avec elle. Surtout après ce qu'elle m'a dit. Je vais retourner au pub ce soir, mais je ne voudrais pas qu'elle soit obligée de me ramener encore une fois. D'ailleurs… c'est quoi cette conversation que j'ai en tête ? Entre

Eileann et… Oh, non ! Alors là, y'a vraiment urgence à lui parler. Comment lui expliquer qu'on partage le même lit ? Comment lui expliquer que je n'ai pas pris les mesures nécessaires pour régler le problème dès le premier jour ? Elle, elle sait que j'avais les moyens de faire venir la pièce de l'autre bout du monde. Comment me l'expliquer à moi-même d'ailleurs ? Juste de la provocation ? Oui, c'est ça : c'était juste pour la provoquer !

Enfin bref… ça va être coton, je le sens. Je vais sans doute avoir besoin d'une petite bière pour digérer tout ça, non ? Et je ne veux pas qu'elle fasse le chauffeur de nouveau. Il me faut une conductrice. Je regarde le canapé. Est-ce une bonne idée ? En même temps, je ne l'ai jamais emmenée au village. Cela lui fera une pause. Et puis Eileann verra que les tensions sont apaisées. Cela facilitera peut-être les choses. En tout cas, ça peut détourner son attention.

Dix-huit heures. C'est le moment. Elle s'est assoupie. J'hésite à la réveiller. Elle semble si calme, si détendue. Je pose une main sur son bras. Son regard rencontre le mien. Il exprime… de la tendresse ? J'ai rêvé, je pense. Je lui explique qu'on part au pub.

— Oh, mais je suis pas prête. Il faut que je m'habille un peu.

— On va pas en discothèque, tu sais. C'est juste un pub de village.

— Le pub d'Eileann ?

— Oui. Une parka suffira pour affronter la température de cette nuit. Rejoins-moi à la voiture.

Je suis adossée à la porte passager de la Wrangler. Je l'ai sortie du garage et j'attends la miss. Sans blague ! Elle a pris le temps de se maquiller ! Légèrement, mais… enfin bref.

— Tiens, c'est toi qui conduis.

Elle a l'air paniquée d'un coup. Blanche comme un linge. Pourtant ce n'est pas un avion !

— Non. C'est pas possible. Je ne peux pas…
— C'est un tout terrain, mais il se pilote comme une citadine et il n'y a quasi pas de circulation.
— Mais c'est une voiture !
— Euh… oui.
— Je ne peux pas conduire ! Je ne peux pas faire ça !
— Pourquoi ?

Je suis vraiment perplexe. Elle me regarde, désespérée. J'ai loupé un épisode ?

— … l'accident.

L'accident. Elle est au bord des larmes. Je la retiens alors qu'elle fait mine de s'enfuir.

— Attends, attends. Tu es déjà montée plein de fois dans une voiture depuis et même avec moi. C'est quoi le problème ?

Je lui parle lentement, calmement. Presque avec douceur. Elle me regarde, ouvre la bouche. Une fois. Deux fois. Mais rien ne sort.

— Dis-moi ce qui ne va pas.

Sa voix n'est qu'un murmure quand elle me répond :

— C'est moi qui conduisais. C'est moi qui ai tué une personne. Je ne veux pas recommencer.

Elle se dégage violemment et repart vers la maison.

Non, mais quelle abrutie ! Comment j'ai pu passer à côté de ça ? Tellement centrée sur moi que j'ai zappé… J'ai zappé… Le dire, c'est l'admettre. Je ne sais pas si je suis prête à ça. Quelle ironie ! Ça fait des jours que je cherche comment l'atteindre. Et là… Je ne vois pas comment le dire autrement, mais, même si ça me fait mal de le dire, quelque part, elle est une victime aussi. Je réalise pleinement son traumatisme et sa culpabilité. L'élément que je n'ai pas voulu prendre en compte jusqu'à maintenant. L'élément qui explique son attitude, tout ce qu'elle a accepté. Sa culpabilité !

Qu'est-ce que je vais faire de ça à présent ? Puis-je supporter sa douleur en plus de la mienne ? Je croyais avoir touché le fond… Stop. Assez de cogitations inutiles. Je fais quoi, là, tout de suite ? Je ne peux pas la laisser seule. Je ne pense pas qu'elle voudra sortir. Je peux essayer quand même histoire de normaliser le truc. C'est ça. Rêve. Reste Eileann. Je vais l'appeler. Dès que je pourrai.

Je rentre. Je l'entends pleurer dans la chambre. Mon Dieu ! C'est vraiment la goutte d'eau qui a fait déborder le vase. Comment je vais rattraper ça ?

Elle est allongée sur le lit en position fœtale, dos à la porte. Je m'approche et m'accroupis près d'elle.

— Sam ?

Ses sanglots s'arrêtent. Elle se tourne lentement. Son visage est ravagé. Elle fait un effort pour parler :

— Je suis désolée. Je pensais que je pourrais faire face.

— J'aurais dû comprendre ça depuis longtemps. Je n'ai pas percuté.

— Je ne veux pas perdre…

— Perdre quoi ?

— Aujourd'hui.

— Perdre aujourd'hui ? Tu veux dire la trêve ?

— Oui.

— Il est possible qu'on envisage les choses de façon plus sereine désormais.

— Vraiment ?

— Oui. Mais…

— Mais ?

— J'aimerais que tu me promettes quelque chose.

— Quoi ?

— Que tu recommenceras à conduire.

— Je ne peux pas. J'ai déjà essayé. Monter à la place

du conducteur me rend malade physiquement. Je transpire, j'ai la nausée, je suffoque. Les images de l'accident surpassent la réalité. Je ne peux pas.

— Promets-moi et je t'aiderai. Tu pourras le faire.

Elle me regarde, angoissée. Elle n'y croit pas, je le sais. Mais je table sur le fait qu'elle ne prendra pas le risque de me décevoir.

— Tu promets ?
— Je promets d'essayer.
— Tu viens de faire le premier pas. C'était le plus difficile. Pour le reste, on le fera, un pas après l'autre, quelque soit le temps que ça prendra.
— Pourquoi ? Pourquoi vous voulez m'aider ?

Bonne question. Ce n'est pas comme si j'avais réfléchi, j'ai juste réagi, suivi mon instinct.

— Il paraît qu'il faut tourner la page.

Cependant, je constate que ma main est une fois de plus sur mon pendentif.

***

Je suis réveillée depuis l'aube. Allongée sur le dos, les bras repliés sous ma tête, je réfléchis. Tourner la page. Très compliqué vu la situation. Et en même temps… L'atmosphère a changé. Hier, j'étais à fleur de peau. Tout me hérissait, impossible de me poser, l'impression de me heurter à un mur à chaque minute qui passe. Et ce matin, la voie me semble claire. Ma raison me crie que je ne peux pas lâcher prise comme ça, que rien n'a changé. Qu'elle est toujours la personne qui était au volant. Mon instinct me dit que la haine me détruira. Nous détruira toutes les deux. Me séparera à jamais de Julia. J'ai envie d'aller sur la colline. Mais en même temps… Je n'ose pas. Et si elle ne venait pas ? J'ai l'impression de la trahir en renonçant à la venger.

Elle commence à bouger. Elle ne va pas tarder à se réveiller. Comment va-t-elle réagir aux évènements d'hier ? Elle s'est retournée vers moi. Une mèche barre son visage angélique, parfaitement détendu. Avant de céder à la tentation de la remettre en arrière, je saute du lit. Il est temps de préparer le petit-déj' !

Bon, je ne suis pas super pro en cuisine donc je vais faire basique. Je visite le congel et je trouve le trésor de guerre de Moïra. À moins que ce soit celui de Sam maintenant ? Je ne me suis guère préoccupée de ce qu'elle faisait de ses journées, mais elle a passé son temps entre la cuisine et la bibliothèque. Où elle a fait des découvertes ! Je souris malgré moi. Je serais quand même curieuse de connaître le fond de sa pensée sur le sujet. Outrée ou intéressée ? Bon, je vais éviter d'aborder les questions scabreuses au petit-déj'. Imaginer sa tête, si je le faisais, me provoque un semblant de rire silencieux. Je sors les scones du four et me retourne pour les poser sur la table. Elle est dans l'encadrement à l'orée de la pièce. Indécise.

— La porte peut tenir toute seule, tu sais ?

— Oh vraiment ? Merci de m'en informer.

— Café, chocolat, thé ?

— Euh… C'est à moi de m'occuper de tout ça, non ?

— Pas aujourd'hui. Tu t'assieds et tu profites parce que je suis pas souvent de bonne humeur au réveil. Tu as remarqué, hein ?

— Pas du tout ! Et pourquoi pas aujourd'hui ?

— …

— Désolée. Je n'aurais pas dû poser cette question.

— La vérité, c'est que je n'en sais rien. C'est comme ça.

— Ça me va.

Un sourire à la fois timide et radieux illumine son visage. Je bugge un instant.

— Alors j'ai toujours pas ma réponse ?

— Oh. Chocolat ?

— Et un chocolat pour la p'tite dame !

Je prépare sa boisson et j'ai l'impression d'être dans la quatrième dimension. Conversation complètement surréaliste au vu de la situation. Cela ne devrait pas être. Pourtant… Je sens que quelque chose en moi me pousse dans cette direction. Comme un appel d'air pour remplir mon vide intérieur.

***

Encore une fois, j'ai l'impression d'avoir changé de dimension. Je suis dans le bureau comme hier. Je bosse comme hier et tout est différent. Moins terne. Certaines choses reprennent du sens. J'ai envie de… Oui. Je vais faire ça. Elle m'a autoritairement sortie de la cuisine après le petit-déj' et je l'entends s'y affairer. Je sais qu'elle aura bientôt terminé et qu'elle viendra me demander si j'ai besoin de quelque chose. Pour une fois, je vais lui répondre par l'affirmative. Hum… ça va être délicat. La voilà. Elle attend toujours que je la regarde pour me poser sa question :

— Est-ce que vous souhaitez quelque chose ?
— Oui.

Elle a plissé les yeux. Elle ne dit rien et patiente pour avoir la suite. Hum… J'ai peut-être présumé de mes forces et de ma volonté là. Je la vois et je voudrais, je devrais voir Julia à sa place ! Je sens la haine resserrer son étau sur mon cœur. Je respire un grand coup :

— Je vais aller prendre ma douche. Peux-tu décrocher si le téléphone sonne et noter les messages si nécessaire ?
— Oh ! Euh… Bien sûr. Comment dois-je me présenter ?
— Ma secrétaire ?
— D'accord.

Je lui tends le combiné, un bloc et un stylo. Je lui

montre comment fonctionne le répondeur pour qu'elle le branche en cas de besoin. Je vais pour quitter le salon où elle s'est installée avec un bouquin, mais je me retourne vers elle :

— Sam ?
— Oui.
— Tu n'es pas obligée de le faire. C'est juste au cas où tu voudrais t'occuper différemment.
— Je n'ai aucune intention de louper cette occasion de vous rendre service. Et si je peux faire d'autres choses, n'hésitez pas.
— OK. Je vais y réfléchir.

Dans quoi je m'embarque ? Une bonne douche va me remettre les idées en place. Ouais. En plus, elle me vouvoie toujours. Tu n'as qu'à lui dire de te tutoyer, andouille ! Oui… Oui, mais non.

***

Douchée, habillée, prête à affronter… l'instant suivant, ça suffira. J'ai cogité. Je ne dois pas aller trop vite, mais je ne sais pas faire les choses à moitié. Tant qu'à m'engager dans une voie… J'arrive au salon. Elle est au téléphone. C'est pour ça que je le branche rarement, on m'appelle tout le temps. Elle prend des notes, tout en répondant à son interlocuteur. Parfait barrage de secrétaire. Elle raccroche et laisse un post-it sur mon bureau. Elle sursaute légèrement quand elle me voit. Je la rassure d'un sourire. Tout va bien. La sonnerie retentit à nouveau. Je jette un œil aux post-it. Déjà quatre ! Bon, rien d'urgent. J'ouvre l'armoire et je prends mon PC portable. Je reconfigure quelques trucs. Surtout ne pas cogiter. Je décide, je fais, je décide, je fais. Pas de conséquences. Juste le présent et les besoins du présent. Je lui fais signe de raccrocher et lui désigne le répondeur. Elle acquiesce et termine élégamment la conversation.

— Tu sais te servir d'un ordinateur ?

— Ben oui.

— OK, OK. C'était une question, rien de plus. Comme tu as pu le voir, le téléphone va pas arrêter de sonner. Quand tu as autre chose à faire, tu branches le répondeur. Tu sais rédiger des notes, des courriers ?

— J'ai jamais fait ça de manière professionnelle. Mais je pense que je peux le faire.

— OK. Donc sur le portable, tu as tout ce qu'il faut au niveau bureautique. Tu commences par me faire une note à diffuser à tous les services de la fondation comme quoi tu es désormais ma secrétaire personnelle et en tant que telle, leur nouvelle interlocutrice. Je t'écris le mail que je viens de te créer sur notre serveur. Tu l'indiques dans la note, mais tu ne diffuses rien pour l'instant avant qu'on en ait discuté. OK ?

Elle acquiesce de la tête, mais elle semble moins sûre d'elle d'un coup.

— Encore une fois, tu n'es pas obligée d'accepter. Mais si tu le fais, je n'attends pas de toi que tu saches tout faire. Au moindre doute, on en parle. Je préfère que le démarrage soit plus lent, mais que tout se fasse dans les règles et que je n'aie pas de boulettes à rattraper derrière. En tout cas, le moins possible.

— Vous êtes sûre de le vouloir ?

— Tu as peur ?

— Un peu. Je crains de vous décevoir. Je ne voudrais pas tout gâcher.

— Ne te mets pas la pression. On y va doucement. Si tu dois passer la journée pour rédiger le document, c'est pas un problème.

— La journée, j'espère pas, quand même !

— OK, tu fais un premier jet. On regarde ensemble.

— D'accord.

— Pour le téléphone, je me demandais…

— Oui ?

— Non, rien. Je m'occupe de la note.

— Sam ?

— …

— Il vaut mieux éviter les non-dits désormais. Qu'est-ce qui te tracasse ?

— C'est juste que… Je me demandais si je pouvais… Enfin, je pense que ça rassurerait ma mère si elle avait un numéro où me joindre.

Ah ! Sa mère. Je ne vois pas ce qu'elle vient faire là dedans, mais bon, sans doute que c'est quelque chose que je ne peux pas comprendre. Je lui note le numéro sur un post-it.

— Appelle maintenant. Ce sera fait.

— Merci. Je…

— Je vais travailler. Il vaut mieux que tu le fasses de la chambre.

J'ai l'impression d'être lancée sur des rails à grande vitesse, dans un train sans freins… et sans conducteur. Au premier mur, je me fracasse. À la réflexion, même pas besoin d'un mur, un virage suffira.

***

L'après-midi touche à sa fin. On a bien bossé. Elle apprend vite. C'est agréable. Ce matin, chaque fois que j'approuvais quelque chose, j'avais l'impression d'être le Père Noël! Mais elle est rapidement rentrée dans le rôle. Étonnamment rapidement. Elle n'a aucune idée de ce qu'est la vie d'une société. Les contraintes, les relations professionnelles. Elle absorbe tout ce qu'elle voit et entend comme une éponge. Quand elle ne sait pas comment réagir, elle reste neutre. J'ai pris un risque, mais je ne le regrette pas. Elle est fatiguée. Je devrais lui dire de se reposer, mais nous devons encore avancer.

— Sam? On s'arrête pour aujourd'hui. Tu souhaites continuer demain?

— Bien sûr. C'est… Enfin je… je m'amuse même si je sais que dire ça, c'est pas très professionnel.

— Travailler avec un regard positif, c'est toujours bien. Mais j'ai conscience que tu vas pas aimer la suite.

— Comment ça ?

— Tu m'as promis quelque chose hier soir.

—Oh non. Pas ça. Pas aujourd'hui. Pas maintenant. Tout, mais pas ça.

— Du calme. On va juste y aller et tu vas t'asseoir au volant. Rien d'autre. Tu peux faire ça pour moi ?

Elle ne répond pas. Elle s'est posée sur une chaise et se tient la tête à deux mains. Je lui fais face. J'écarte ses mains et lui relève le menton pour capter son regard.

— Tu m'as dit, il n'y a pas si longtemps que tu avais confiance en moi. Prouve-le. Maintenant.

Je lui tends la main. Elle y pose la sienne. Je tire un peu dessus. Elle se lève. J'ai l'impression que le poids du monde pèse sur ses épaules. Je me fais vraiment l'effet d'une courge. J'ai cherché des jours entiers comment l'atteindre et, aujourd'hui que j'y ai renoncé… Pfff! Non, mais quelle connerie la vie quand même !

Je la laisse près de la porte pour sortir la voiture. Le temps d'ouvrir le garage, mes yeux dévient à droite vers la colline. Ne pas penser. Suivre l'objectif. Je positionne la Wrangler devant Sam, de façon à ne voir la colline à aucun moment. Elle s'est assise sur le perron et regarde ses mains serrées l'une contre l'autre. Je suis tentée un instant de la ramener à l'intérieur. Mais, plus on attend, plus ce sera compliqué. Comme j'arrive près d'elle, elle se relève avec détermination et jauge la voiture comme elle le ferait d'un taureau de corrida. Je reste tout près d'elle alors qu'elle réduit la distance avec l'objet de toutes ses peurs. J'ai laissé la portière ouverte. Elle pose le bout de ses doigts sur la vitre arrière.

— Fais-moi confiance. Je suis là.

Elle s'approche encore et avance une fesse sur le siège. Au bord du siège. Elle accroche mon regard et rentre dans l'habitacle. Ses mains prennent appui sur ses cuisses et elle ferme les yeux. Sa respiration s'accélère. Son visage vire progressivement au rouge. Son front transpire plus que dans l'effort !

— Concentre-toi sur ma voix. Tu es en sécurité. Il ne peut rien t'arriver. Ni à toi ni à personne. Je suis là. Je te protège.

Elle essaie de respirer plus lentement. D'un coup, elle sort précipitamment. Comme je n'ai pas bougé, elle se retrouve dans mes bras. Je les ai instinctivement refermés sur elle. Elle tremble de tout son corps. Je continue à lui parler. À la rassurer. J'ai pleinement conscience de son corps contre le mien. Sa respiration s'apaise peu à peu. Elle se détache légèrement et fuit mon regard. Elle semble mal à l'aise. Je la ramène vers la maison. Ses jambes la portent à peine. Je la pose dans le canapé. Elle ferme les yeux.

— Je suis désolée. Je suis pas à la hauteur.

— Tout va bien. J'ai jamais pensé que ça allait marcher du premier coup.

— C'est pas la peine de me ménager. Je sais que je…

— Non ! Moi, je sais que tu as en toi les ressources pour le faire. Tu ne dois pas lâcher le morceau. Tu as fait bien pire que ça.

— Comment ça ?

— Tu m'as affrontée, moi.

— C'est différent.

— Tu as raison. C'était bien pire. Et inutile de me contredire. Le boss, c'est moi !

— Bien, chef.

J'ai réussi à lui arracher un demi-sourire.

— Sais-tu que les meilleurs chefs sont les plus durs ?

Son air horrifié et résigné à la fois me touche. Tu parles d'un chef !

— Vous n'allez pas me demander de recommencer, n'est-ce pas ?

— Non, pas ce soir. Pas derrière le volant. Par contre, on sort. Et cette fois, c'est moi qui conduis.

— La journée a été éprouvante. Je ne suis pas sûre…

— Justement, c'est le moment de relâcher la pression. Et de procéder à ton baptême écossais !

— Baptême écossais ? Euh, c'est quoi ça ?

— Tu verras bien. Va te rafraîchir le visage. Je voudrais pas qu'Eileann pense que je suis responsable de ta petite mine !

J'ai toujours eu beaucoup plus de mal à supporter la souffrance des autres que la mienne. J'essaie de ne rien en laisser paraître, mais la voir ainsi me bouleverse.

12 - Conséquences

Aberfeld, rue principale.

Nous voilà à la porte du pub. Sam a repris des couleurs. Elle s'est maquillée de nouveau. Son regard est... percutant ? J'évite de m'interroger sur mes réactions. Je suis juste... bien ? Je ressens une certaine euphorie. Demain sera un autre jour, mais ce soir il fait encore jour !

J'emmène directement Sam vers le bar. Eileann ne peut réprimer son étonnement quand elle nous voit arriver. Elle nous salue et je lui glisse à l'oreille «Baptême écossais». Elle me regarde avec un air indéfinissable.

— Tu es sûre ?

Je hoche la tête de haut en bas et lui souris sincèrement. Le baptême écossais est un rituel instauré par Julia. Comme un adoubement pour nos amis qui viennent pour la première fois nous rendre visite. C'est un mélange secret concocté par Eileann avec de la vraie bière écossaise, du single malt et des épices, tout cela dosé avec minutie selon l'idée qu'elle se fait de la tolérance à l'alcool du baptisé. Inutile de préciser que pour moi, ce fût léger comparé à d'autres.

— Et toi ?
— Scottish Cola !

Une étincelle fait pétiller son regard. Oui, je suis de retour. Elle commence à préparer la mixture, lentement. Son visage se ferme. À quoi pense-t-elle ? Ou à qui ? Une fois terminé, elle fixe le verre quelques secondes et jette tout dans l'évier. Elle s'est trompée dans le dosage ? Elle prend un autre verre et le remplit de Scottish Cola qu'elle donne à Sam.

— Eileann ? À quoi tu joues ? Tu sais plus le faire ?
— Non. Je ne sais plus.

Elle évite mon regard. Sam nous observe en silence. Je lui demande de nous excuser et j'emmène Eileann vers l'arrière-salle. À l'abri des oreilles indiscrètes :

— Tu m'expliques ?
— C'est à toi de me dire à quoi tu joues là. Un baptême écossais ? T'as oublié d'où ça vient ? De qui ça vient ?
— J'ai rien oublié. Vous me parlez tous de tourner la page. C'est ce que j'essaie de faire. Il est où le

problème ?

— Sérieusement ? Je peux pas lui servir ça. C'est pour les amis de Julia, pas pour son assassin.

— Son quoi ? Tu me fais quoi là ?

— Désolée, mais je peux pas. Y'a une limite entre ne pas lui faire trop de mal et en faire une amie, non ?

— Non, y'a pas de limite. Toi, tu as oublié la philosophie de Julia et la mienne : pas de demi-mesure. Soit je la détruis et je me détruis avec. Soit je l'aide à se reconstruire et éventuellement, cela peut m'aider aussi. Vous m'avez tous demandé de tourner la page, c'est ce que j'essaie de faire. Alors, ne viens pas maintenant me le reprocher.

J'hallucine ! C'était bien la peine de me faire des grands discours. Elle ne peut retenir ses larmes. Je suis en colère, mais la voir pleurer m'est insupportable. Je la prends dans mes bras malgré mon incompréhension. Elle murmure :

— Je suis désolée, Alex. Je ne peux pas. J'essaie. Mais, Julia me manque. Et elle, elle est là.

— Oui, elle est là. Et elle est aussi mal que nous. Parce qu'elle se reproche ce qui s'est passé bien plus durement que nous ne pourrons jamais le faire. Elle est marquée à vie par cette tragédie tout comme nous. Une énorme culpabilité en plus. Écoute, on va en rester là pour ce soir, car je dirais des choses que je ne veux pas dire. On en reparlera plus tard. Mais demande-toi ce que Julia aurait fait à notre place.

Je reviens dans la salle toujours très à cran. Je remarque d'un coup d'œil le malaise de Sam et la pression muette de la foule. Elle me voit arriver et son soulagement est visible :

— On décolle !

Je la prends par le bras et on s'apprête à quitter le bar quand l'abruti de service nous barre la route en ricanant :

— Eh, Alex ! Tu nous présentes pas à ta nouvelle amie ?

— Kyle, tu as trois secondes pour nous laisser le champ libre. Passé ce délai, je t'étripe. Bijoux de famille compris !

C'est un solide gaillard pas très futé, mais il me connaît et m'a déjà vue énervée, très énervée. Il s'écarte sans faire le malin et nous sortons. Nous nous installons dans la voiture sans un mot. Je m'apprête à démarrer quand Eileann ouvre la portière :

— Je suis désolée, Alex. Je ne voulais pas qu'on se dispute.

— Moi non plus. Ça va se tasser. On en rediscutera.

— Je ne supporterais pas que…

— Tout va bien, Eileann. Je comprends. Ne t'inquiète pas.

— Tu reviens ?

— Non. Je pense pas que ce soit une bonne idée.

Passe à la maison quand tu veux, OK ?

— D'accord.

Elle salue Sam du bout des lèvres et repart. Ouais, sauf que je ne comprends pas.

Sam n'a toujours pas décroché un mot. Il faut que je lui parle, mais en conduisant... Je fais un détour vers la plage.

La lumière des étoiles suffit pour découvrir un paysage lunaire empreint de magie. Le sable qui paraît blanc enchâsse des masses minérales sombres aux formes acérées. La mer est calme et ne se manifeste que par un doux clapotis. Je sors de la voiture et Sam me suit. On s'assied sur un des rares rochers plats, face aux vaguelettes.

— Je suis désolée, Sam. Je n'avais pas prévu que ça se passe comme ça.

— À vrai dire, j'ai pas bien compris.

— Je pense que je dois être stupide. Quand des amis me disent quelque chose, je les crois sans réserve.

— Ce n'est pas être stupide.

Je n'avais pas vraiment l'intention de lui expliquer l'origine du baptême, mais je n'ai plus trop le choix.

— C'est un rituel auquel Julia tenait beaucoup. C'était sa façon d'officialiser une nouvelle amitié.

— Oh. Mais... Je comprends la réaction d'Eileann.

— Pas moi. Enfin, tout le monde n'arrête pas de me seriner que je dois tourner la page ! Et quand je le fais, patatras ! Quoi alors ? C'était juste des mots en l'air ?

— Non. Mais tourner la page, ça se fait lentement normalement.

— Pour quoi faire ? Pour ruminer encore des jours et des jours ? Je n'ai pas changé d'attitude par hasard.

— Pourquoi l'avoir fait ?

Cela me gêne de parler de ça avec elle. Mais je le lui dois, je crois. Et dans ce lieu, à cet instant particulier, c'est comme une bulle en dehors de la réalité. La nuit recouvre mes blessures d'un voile pudique.

— Parce que cela me détruisait. Plus je te faisais du mal, plus je me perdais. Et d'autant plus, qu'au fond de moi, je n'ignorais pas que c'était injustifiable. J'ai confiance en Carla. Elle m'a dit que tu avais commis une erreur, certes, mais rien de plus.

— Je ne pense pas comme elle.

— Je sais, mais tu as tort.

— Pourquoi aller jusqu'au rituel ? Pourquoi maintenant ?

— Tout cela n'est pas facile pour moi et je ne suis pas à l'abri d'une rechute. Je suis tiraillée entre ma douleur et ma raison. Si je fais de toi une amie de Julia, je suis sûre de ne pas revenir en arrière.

Elle pleure. Avant j'étais douée pour faire rire les filles. Maintenant, je les fais pleurer.

— Alex ?

— Oui ?

— Comment pourrais-je vous remercier de tout ce que vous faites pour moi ?

— Tu veux dire pour t'avoir maltraitée comme je l'ai fait depuis qu'on se connaît ?

— Vous savez bien que c'était pas grand-chose au fond.

— Tu oublies les derniers jours.

— Non. Mais je n'oublie pas non plus le contexte. Je n'oublie pas les occasions que vous avez eues de faire bien pire. Je n'oublie pas toutes les fois où vous m'avez soutenue juste parce que j'en avais besoin.

Que puis-je lui répondre ? Lui demander de me tutoyer ? Ça commence à être pesant ce vouvoiement. Mais je préférerais que ça vienne d'elle.

— Il y a une chose que tu peux faire.

— Quoi donc ?

— Me faire confiance. Réellement. Pas à moitié. Une certitude absolue et sans réserve. Tu m'as déjà dit que tu me faisais confiance, mais c'était dans une autre vie. Aujourd'hui, avec tout ce qui s'est passé, avec tout ce que tu sais et tout ce que tu ne sais pas, je te demande de me faire confiance.

Elle me regarde et hésite visiblement à me répondre. Et si je jouais un peu ?

— Je ne serai pas fâchée ni déçue si tu n'acceptes pas. Après tout, je peux comprendre. On dort dans le même lit. Tu as un corps de rêve. Tu connais le contenu du plafond. Non, non, je comprends que tu sois réticente.

Elle éclate de rire. Voilà qui s'appelle passer des larmes au rire.

— Je ne suis pas une jeune vierge effarouchée. Tout cela ne me fait pas peur.
— Qu'est-ce qui te fait peur alors ?

Son regard s'assombrit et se détourne vers la mer.

— La voiture.

Bingo, c'est précisément le but de ma demande.

— Soit tu me fais confiance, soit tu renonces. C'est ça qui me décevrait en fait. Tu vas renoncer ?

Sa respiration s'accélère. Je dois la laisser prendre sa décision seule.

— Non. Je ne veux pas vous décevoir. Mais je ne sais pas si je pourrai surmonter…

Elle puise dans mon regard, où je mets toute l'intensité dont je suis capable, la force de répondre :

— Je vous fais confiance pour ça et pour le reste aussi.

J'espère que je ne joue pas avec le feu. Mais, je dois la sortir de cet engrenage. Je prends sa main dans la mienne et la ramène vers la voiture. Euh… c'est quoi le reste ?

***

Tout le trajet, je l'ai vue s'imaginer à ma place. Elle était blanche comme un linge et ce n'était pas un effet de lune. Elle aperçoit la maison avec soulagement. Je la pose devant l'entrée et vais ranger la Wrangler.

Quand j'arrive dans le salon, elle est en train d'écouter le répondeur et de prendre des notes. Je lui fais signe d'arrêter.

— Laisse tomber. Ils seront toujours là demain.

— Ça sera pas long. J'aime pas voir des messages en attente. Au fait, le chauffagiste demande qu'on le rappelle.

— OK. Tu veux manger un morceau ?

— Oh, je ferai quelque chose après.

— Je m'en occupe.

Il me saoule ce chauffagiste. Si je fais réparer, comment je peux justifier de la garder avec moi ? Je reviens quelques minutes plus tard et installe les sandwichs et deux bouteilles de bière sur la table du salon. Elle me rejoint et quand elle pose le regard sur mon dîner improvisé, elle bugge. Visage fermé.

— Qu'est-ce qui ne va pas ?

— Je ne bois pas.

— C'est juste de la bière.

— C'est de l'alcool.

De l'alcool.

— Ne me dis pas que tu n'en as pas bu depuis…

— Si. Vous ne devriez pas me proposer ça.

— Tu as le droit de prendre un peu d'alcool tant que tu ne conduis pas.

— Non.

Je dois choisir mon combat. Elle les cache bien ses traumatismes. Le plus important est de s'occuper de la voiture.

— OK. Je suis désolée. Je vais te chercher autre chose, d'accord ?

— Merci.

Elle est secouée. Décidément… sale soirée !

***

Minuit et des bricoles, et je ne dors pas. La nuit, tout n'est pas si simple. Le jour, je me laisse porter par l'action. J'agis. Je réagis. Cette nuit, je me sens déchirée. Entre le passé qui n'est plus et ne sera jamais plus. Et le présent. Le présent dont je ne sais pas quoi faire. Certes, le jour j'ai l'impression de redevenir la vraie Alex, de retrouver de l'oxygène, de comprendre où je vais, tout me semble limpide ou presque. Mais là maintenant, tout se brouille. Julia devrait être à mon côté. C'est Sam qui dort à côté de moi. Je devrais la faire souffrir pour le mal qu'elle nous a fait. Je la protège de moi, des autres et d'elle-même. Je devrais aider Eileann à surmonter sa peine et je lui impose Sam. Le mieux serait de renvoyer Sam chez elle, mais j'ai promis de l'épauler. Manquer à ma parole envers elle et imaginer qu'elle va continuer à souffrir de ce qui s'est passé m'est insupportable. Parce que je sais pertinemment que la voiture n'est qu'une étape. Pour qu'elle puisse se reconstruire, je dois lui pardonner. Tout lui pardonner.

En suis-je capable ? Je me tourne vers elle. La lune éclaire sa bouille d'ange. Je souris malgré moi. Je ne peux pas nier la réalité. Elle me touche cette gamine. Elle est sensible et forte à la fois. Ses traits réguliers expriment l'innocence. Ses lèvres sont fines et bien dessinées. Mon regard glisse sur le bas de son visage. Son haut de pyjama laisse voir la naissance d'un sein. Pourtant, elle prend bien soin de le boutonner jusqu'en haut tous les soirs. En écho à cette charmante vision, mon subconscient ramène à la surface une image que je préférerais oublier. Son dos dénudé, la courbe de ses épaules, la douceur de sa peau. Ma respiration s'accélère. Je me repositionne sur le dos. Manquerait plus que mes hormones me jouent des tours. C'est juste impensable. Pas elle. Pas elle… La nausée qui s'annonce me précipite dans la salle de bain.

Me voilà vidée. Au propre comme au figuré. Mes jambes me soutiennent à peine. Comment vais-je faire pour surmonter tout ça ? Comment vais-je… ?

Un hurlement me ramène au pas de course dans la chambre. Sam fait un cauchemar. Je la réveille. Elle se blottit contre moi. Mes bras se referment automatiquement sur son corps. Elle a juste besoin d'un peu de réconfort. Elle finit par s'écarter légèrement et paraît embarrassée.

— Tu veux en parler ?

Son non, bien que silencieux, est déterminé. Elle garde la tête baissée. Je rejoins mon côté du lit.

— Rallonge-toi. Il faut te reposer.
— Je ne supporterais pas de faire un nouveau cauchemar.
— Tu n'en feras pas. Je suis là.

Elle me regarde et s'étend de nouveau sans me quitter des yeux. Je cherche sa main sous les draps.

— Dors maintenant.

Ses paupières se ferment. Et sa respiration s'apaise rapidement. Heureusement que je n'ai pas fait réparer le chauffage.

***

Le moins qu'on puisse dire, c'est que je n'ai pas beaucoup dormi. Et ce matin, je suis toujours tiraillée. Je me suis levée tôt pour mettre mon projet à exécution. J'ai préparé le petit-déjeuner. Elle va avoir besoin de force. Je souris malgré moi. Je vais savoir si elle me fait vraiment confiance. En même temps à sa place, j'aurais des doutes. J'ai trouvé l'accessoire nécessaire et emballé des encas. Quand elle arrive dans la cuisine, je suis fin prête. Avec une toute petite mine.

— Allez, jeune fille. On déjeune, on s'habille et on va se balader dans la lande.

— Dans la lande ?

— Oui.

Elle me regarde perplexe. J'attends sa réaction.

— D'accord.

— Pas de questions ?

— Non.

Confiance ou peur des réponses ? Elle a repris un peu de couleur. Je dirais confiance. On savoure le petit-déjeuner en silence. Quelque chose ne va pas. Dans la lande, je l'interrogerai.

— Alex ?

— Oui ?

Tête baissée, elle m'a interpellée par mon prénom. C'est suffisamment rare pour que ça m'inquiète. Elle va renoncer ?

— Je voudrais m'excuser.
— Pour quoi ?
— Pour cette nuit.
— Ce n'est pas grave. Mais pourquoi ce cauchemar ?
— Je préfère pas ne rien en dire.
— C'est lié à l'accident ?

Son regard est désespéré. Les larmes coulent. Elle a été secouée. J'ai réveillé ses angoisses.

— Tu peux m'en parler, Sam. Je sais que je suis responsable de ce mauvais rêve.
— Je le faisais toutes les nuits avant d'arriver ici. Je pensais…
— Je te tiendrai la main tous les soirs s'il le faut. Mais tu dois affronter la cause de ces cauchemars pour qu'ils disparaissent.
— Comment vous faites ?
— Je fais quoi ?
— Pour pouvoir, pour vouloir m'aider ? Moi, avec ce que j'ai fait !
— Je ne sais pas vraiment. Mais il me semble que tu te fais souffrir plus que je ne pourrais jamais le faire. Il est temps pour nous deux de sortir de cet engrenage. T'aider m'aide aussi. On y va ?

***

Cette fois, nous n'avons qu'un sac et c'est moi qui le porte. Pas de discussion, c'est moi le boss. Je veux qu'elle profite de cette balade. On marche à petite allure sur un sentier de terre. Je lui parle de la faune, de la flore, je localise les paysages. Quelques anecdotes historiques aussi au passage. Je sais exactement où je vais l'emmener. Elle absorbe chacune de mes paroles. Son regard est lumineux. Nous avons ouvert une brèche dans l'espace-temps : il n'y a qu'elle et moi. Pas de passé. Pas de futur. Juste l'instant. Ses questions sont pertinentes. Elle s'intéresse vraiment à l'environnement. Et quand le sentier escalade une colline, le silence nous réunit aussi bien que notre conversation.

Nous y voilà. Un petit loch dissimulé entre les monts verdoyants, bordé de bruyère rouge brun et jaune, de mousse émeraude, de roches couleur métal. Les coulées de bruyère serpentent entre la mousse et les roches. Elle s'est arrêtée en haut de la colline et embrasse le paysage d'un regard émerveillé. J'aime ce pays. Quelques nuages vaporeux tamisent la lumière par endroit et renforcent les contrastes.

Je commence à descendre vers une avancée plate qui nous servira pour la pause déjeuner. Je crois que je ne l'ai jamais vue aussi détendue, légère.

Après cette collation, je l'invite à s'allonger pour une petite sieste réparatrice. Nous nous laissons bercer par l'ambiance campagnarde. Apaisante. Elle a fermé les yeux et un sourire sincère se dessine sur son visage. J'hésite à perturber cette sérénité nouvelle, mais je suis venue là dans un but précis.

Je sors mon accessoire du sac en veillant à ce qu'elle ne puisse le voir.

— Sam ?
— Nous repartons ?
— Pas tout de suite. Je voudrais que tu fermes les yeux.

Elle me regarde, intriguée, puis s'exécute. Je me place dans son dos. À genoux. Et je chuchote à son oreille :

— Tu me fais confiance ?
— Oui.

Ce n'est qu'un murmure, mais c'est suffisant. Je prends mon accessoire et le lui mets sur les yeux. Un bandeau de velours noir.

— Tu vois quelque chose ?
— Non.
— Alors, concentre-toi sur ce que tu perçois. Dis-moi ce que tu entends.
— Un oiseau. Il chante. À notre gauche.
— Quoi d'autre ?
— Le silence ?
— Le silence n'existe pas dans la nature. Les craquements des branchages, le vent dans la végétation : les distingues-tu ?
— Oui. Le bruit de l'eau aussi.
— OK. Concentre-toi maintenant sur les odeurs.

Que sens-tu ?

— Des parfums floraux. Je ne sais pas les identifier.

— Il y a la tourbe, forte et fumée. La mousse, odeur de terre. La bruyère, plus florale. Et bien d'autres choses encore que je ne peux isoler non plus, mais qui forme un tout. Tous ces sons, ces odeurs sont caractéristiques de cet endroit. Je veux que tu les gardes en mémoire, que tu t'en imprègnes. Que tu sois capable de t'en souvenir quand le moment sera venu.

— Quel moment ?

— Chaque chose en son temps. Mémorise.

Je suis contre elle. Les mains sur ses épaules. Et la nature nous envahit. Nous ne faisons qu'un avec elle.

Le vent a forci. Quand je reviens à la réalité, les nuages sont plus noirs. Le lieu a changé. De paisible, il est devenu sauvage, puissant, presque violent. Je retire le bandeau de ses yeux et remets mes mains sur ses épaules. Elle s'abandonne contre moi un instant.

— Le temps est incertain. Nous risquons de finir trempées si on ne part pas maintenant.

Pour gagner la pluie de vitesse, je décide de couper à travers la lande. Je lui explique comment progresser sur ce terrain instable sans se fatiguer. Mais ça demande de l'habitude. Comme on doit marcher plus vite qu'à l'aller, je reste près d'elle au cas où elle trébucherait. Mais elle est attentive et tout se passe sans encombre. Nous arrivons en vue de la maison. Déconcentrée, elle bute contre une motte de terre. Je la rattrape de justesse. Elle est une nouvelle fois dans mes bras. Son regard… Une émotion indéfinissable s'en échappe. Une grosse goutte de pluie tombe sur son nez. Je l'essuie du bout du doigt et nous courons vers la porte. Nous avons vaincu l'averse. Je l'envoie direct à la douche. Je vais finir par y prendre goût, à être son boss. Pour l'instant, je vais au bureau. Encore un mail du chauffagiste : « *Comme je l'ai annoncé à votre secrétaire hier, la pièce est arrivée. J'attends donc que vous m'indiquiez quel jour mon ouvrier peut passer pour la changer.* ».

Elle sait que la réparation est possible et elle n'a rien dit. Comme moi. Ben, on ne va pas se poser de questions. C'est comme ça et c'est tout.

***

Nous voilà en fin d'après-midi. Le soleil se couche. Je voulais emmener Sam à la voiture, mais, après tout, une journée off, cela ne lui fera pas de mal. Elle est fatiguée par la balade de toute façon, je le vois. Je m'occupe du dîner pendant qu'elle termine quelques notes. Elle est têtue. Je lui avais dit de remettre ça à demain, mais j'aime bien qu'elle s'implique aussi. En plus, elle est efficace et suit bien les consignes.

Minuit, encore une fois. Je ne dors toujours pas. Que penser de la journée écoulée ? Tout se passe bien. En dehors du temps et de la réalité. Mais je ne peux plus faire autre chose, je le sais. Lui faire du mal m'est impossible désormais. C'est même pire que ça. Elle a recherché ma main avant de s'endormir et je l'ai laissé faire. Est-ce que je joue avec le feu ? Non, c'est impossible. Parce que rien n'est possible. Elle a juste besoin d'une présence dans sa nuit. Je dois la ramener vers la lumière et puis nos chemins se sépareront naturellement. Et je retrouverai mes ténèbres.

∗∗∗

Elle n'a pas fait de cauchemar cette nuit. Par contre, j'ai du mal à me lever. Elle est déjà au bureau quand j'émerge. Elle met le répondeur et s'occupe de mon petit-déj'. En silence. Elle a capté mon humeur chagrine. Elle ne paraît pas contrariée, juste appliquée. Je sais que ce matin il n'est pas question de zapper la Wrangler. Je ne peux pas dire que ça arrange mon état d'esprit. Pourtant, il va falloir que je change de registre si je veux l'y amener. Je double ma dose de café. Elle s'est posée en face de moi avec un chocolat. Elle attend que j'engage la conversation.

— Tu as bien dormi ?

— Oui. Grâce à vous.

— Je n'ai rien fait.

— Vous étiez là.

— Les nuits précédentes aussi.

— Non. Ce n'était pas vraiment vous.

— Tu crois me connaître ?

— Un peu. Comme vous me connaissez… un peu.

— Je ne pense pas que tu aimerais savoir ce que j'ai dans la tête.

— C'est maintenant, n'est-ce pas ?

— Quoi donc ?

— ... La voiture.

Cette gamine me tue. Un regard, un mot et elle me retourne comme une crêpe. Comment pourrais-je rester de mauvaise humeur devant son désarroi ? Je tends ma main, paume ouverte, en travers de la table. Elle pose la sienne dessus et fixe mes doigts se renfermer sur les siens. Au ralenti. Une promesse muette. Je suis avec toi. Je te mène là où tu ne veux pas aller. Mais je t'y emmène avec ma force, ma conviction, ma foi en toi et en ta capacité de vaincre tes démons. Je sais que tu as cette force en toi. Comme si elle m'avait entendu, elle se lève et se dirige vers la porte. Je la suis.

Une fois à la voiture, je la positionne comme précédemment. Mais avant qu'elle monte, je noue le bandeau sur ses yeux. Elle s'assied et la scène se rejoue comme la première fois. Je romps alors le silence :

— Reviens dans la lande. Rappelle-toi les sons, les odeurs. Tout est paisible. Je suis là. Je te protège. Tu es en sécurité.

Je lui parle de la lande, des sensations qu'elle y a expérimentées, de sécurité. Elle inspire et expire plus lentement. Elle semble moins tendue.

— Écoute les sons qui t'entourent à présent. Ici aussi, tu entends la lande. Pas la circulation ou le moteur de la voiture. Juste la lande.

À partir du mot circulation, sa respiration s'est accélérée de nouveau. Elle n'est pas en panique cependant.

— Reviens aux odeurs. Tout est différent de ton souvenir. Tu sens le cuir. Ce n'est pas la même voiture, ce n'est pas le même endroit. Ton souvenir s'efface pour faire place à la réalité.

Elle est sortie précipitamment et je la recueille dans mes bras. Elle tremble à nouveau.

— J'y arrive pas. J'y arrive pas.
— Bien sûr que si. Doucement. Tu es restée bien plus longtemps que la première fois, non ?
— Oui.

Je retire lentement son bandeau et capte son regard. Je suis happée par un bleu métallique intense.

— Je suis fière de toi, Sam.

Elle niche sa tête au creux de mon cou. Son tremblement s'apaise. Je la soutiens par la taille et la ramène dans la maison. Ce n'est pas gagné, mais on avance.

Je l'emmène dans la cuisine et lui sers du jus de fruits. Elle trempe ses lèvres.

— Cela ne marchera pas. Je ne peux pas conduire avec un bandeau sur les yeux.

— Je sais. Mais tu dois intégrer le fait que ce n'est pas la même voiture, ce n'est pas le même environnement ni le même moment de la journée. Rien n'est pareil. Tout est différent. Je veux que tu t'ancres dans la réalité du présent. Que tu relègues l'accident à ce qu'il est : le passé. Que tu remplaces les images par d'autres sensations.

Elle me regarde perplexe. Je sais qu'elle n'est pas convaincue. Cependant, elle ne refuse pas l'idée.

13 - Eaux troubles

Sander House.

C'est le moment pour moi d'affronter Julia. Je regarde la colline par la baie vitrée. Même si elle est silencieuse, j'ai conscience de la présence de Sam dans mon dos. Inutile de lui parler quand je sors. Elle devine où je vais.

Je ne sais même pas ce que je vais lui dire. Je ne sais même pas si elle sera là. Je ne sais même pas si elle est réellement là. Peu importe, j'ai besoin de me confronter à elle. Si elle rejette le contact, je reviendrai autant de fois que nécessaire.

Je m'assieds devant la tombe en tailleur. Le soleil chauffe mon dos et mes épaules. Je t'attends, Julia. Es-tu si en colère que tu refuses de me parler ? Me suis-je trompée ? Aurais-tu préféré que j'assume notre vengeance jusqu'au bout ? Dis-moi ce que tu veux, mais dis-le-moi. J'en ai besoin là, maintenant. Pour ne pas sombrer à nouveau. Pour être capable d'avancer dans la nuit qui m'entoure. Je devine une présence derrière moi. Des mains se posent sur mes épaules. Je sens son odeur, la chaleur de ses mains sur moi, j'entends sa voix.

— Je suis avec toi, mon amour. Ne doute pas de toi. Tu sais que tu es sur la bonne voie.

— Tu le penses vraiment ?

— Bien sûr. La vengeance te détruisait. Tu as fait le choix qui s'imposait.

— Même avec elle ?

— Avec elle ? Ou pour elle ?

— Je ne vois pas ce que tu veux dire.

— Eh bien, elle te plaît, j'ai l'impression.

— Pas du tout !

— À d'autres, ma belle. C'est à moi que tu parles.

— Tu es la seule que j'aime, pour toujours et à jamais. Personne ne te remplacera jamais.

— Je serai pour l'éternité dans ta tête et dans ton cœur. J'occuperai la place qui me revient. Mais ton cœur pourra faire de la place pour une autre. Cela ne m'enlèvera rien.

— C'est pas possible.

— Bien sûr que si. Puisque je te le dis.

— Pas elle.

— Pourquoi ? Tu ne la trouves pas belle ?

— Si.

— Tu l'estimes idiote ?

— Non.

— C'est une mauvaise personne ?

— Non.

— Oh ! Je vois…

— Tu vois quoi ?

— En fait, tu es en train de suggérer que son corps de rêve, sa personnalité attachante et la confiance aveugle qu'elle te témoigne te laissent complètement indifférente.

— C'est ça.

— Alors, rien n'a changé.

— Comment ça ?

— Tu ne sais toujours pas mentir.

— Mais tu es quand même pas en train de me pousser dans ses bras ?

— Hum…

— Quoi ?

— Il me semble qu'elle dort déjà dans ton lit.

— Julia !

— Ben quoi ? Je ne suis pas aveugle.

— Il ne s'est rien passé.

— Je suis au courant. Tu es une sainte, ma belle.

— Non, mais, tu sous-entends quoi, là ?

— Qu'elle est bien jolie… et que je n'étais pas une sainte, moi !

— Tu es impossible !

— C'est pour ça que tu m'aimes. Mais elle a aussi des ressources que tu ne soupçonnes pas. Laisse-toi vivre, ma belle. Je ne t'abandonnerai pas. Jamais. Je serai toujours là dans ta tête, dans ton cœur.

Je ne sens plus ses mains, ni son odeur, ni sa présence. Il ne reste que le soleil. Le soleil et cette étrange conversation. Elle a l'air de penser que je pourrais… Mais je ne pourrai pas.

**

Je suis rentrée. Sam n'a pas posé de questions. Elle était inquiète. A-t-elle peur que je fasse marche arrière ? Comment le pourrais-je ? Alors que j'ai seulement envie de l'aider, de la soutenir, de la remettre dans le droit chemin. Pour qu'elle puisse reprendre sa vie là où elle s'est arrêtée. Elle le peut, elle… Pas moi. Contrairement à ce que pense Julia, je ne peux pas juste passer à autre chose. C'est vrai qu'elle est dans mon cœur et elle le restera toujours. Quant à y admettre quelqu'un d'autre, je ne vois pas comment c'est possible. Je suis donc condamnée à vivre en solitaire ? Je le faisais avant Julia et cela me convenait. Foutaises ! Tu te racontes des histoires, ma vieille. Tu n'arrives déjà pas à renvoyer Sam dans sa propre chambre. Je suis mal barrée… vraiment mal barrée. Elle me regarde tristement. Il faut que la rassure.

— J'ai pas envie de bosser cet aprèm. Tu veux faire quoi ?

— Euh… Je sais pas. Mais je pense que vous avez une idée en tête ?

— Tu crois ça ?

— Oui.

— Tu n'as pas tort. On va faire un gâteau !

— Un… Un gâteau ?

— Tu attendais autre chose ?

Mon regard pétillant est suffisamment évocateur pour que je n'aie pas besoin d'en dire plus. Elle rougit. Je détourne les yeux vers la bibliothèque histoire d'en rajouter une couche. Elle a suivi mon regard et a rougi de plus belle. Pas de doute, j'adore la provoquer.

— Le gâteau, c'est très bien.
— Petite joueuse !

Je sors tous les ingrédients. Ma science de la pâtisserie s'arrête au gâteau au yaourt. Une fois que j'ai tout aligné sur la table, elle y ajoute une tablette de chocolat. Ah ! J'ai jamais fait ça !

— Tu sais quoi ? Moi je suis pas très douée pour ça. Alors toi, tu bosses et moi je te surveille !
— Comme d'hab quoi !
— Ah, non pas du tout. Quand tu travailles pour moi, je te surveille pas. Tu n'en as pas besoin.
— Oh ! Merci. Mais donc dans la cuisine j'en ai besoin ?
— Oui. Pour t'éviter de faire des bêtises.
— Quel genre de bêtises ?
— Celle là.

Je lui envoie un peu de farine à la figure. Elle ne peut l'esquiver et reste interloquée. Elle fait mine à son tour d'en prendre, mais je l'en empêche en lui emprisonnant les poignets. Elle se débat et je la coince contre la table. Elle arrête de bouger et se tient légèrement en arrière. Je récupère un torchon propre et fais disparaître la farine avec douceur.

— Tu es bien plus jolie comme ça.

Son visage est troublé. Il me semble que j'ai dit une connerie.

— Et tu y verras bien mieux pour faire mon gâteau, tu crois pas ?
— Sans aucun doute.

Je me recule et, mine de rien, nous montons la pâte dans une atmosphère étrange. Sans malaise. Juste bizarre. Voilà, l'objet du délit est au four. Nous avons un sourire complice, satisfait.

— Tu sais que tu te débrouilles plutôt bien dans une cuisine.
— Bosser dans celle-ci est juste un régal. Y'a de l'espace, tous les instruments nécessaires, tous les ingrédients. C'est un peu la caverne d'Ali Baba.
— C'était le domaine de Julia. Elle adorait ça.
— Oh… Je suis désolée.

Sa tristesse soudaine m'émeut profondément.

— Assieds-toi, Sam. Tu as le droit d'aimer les choses que Julia aimait.
— Mais je ne voudrais pas que vous pensiez que je prends sa place. Je…
— Ne dis rien. Je sais que j'ai été injuste envers toi.

Peut-être que je le serai encore. Je ne maîtrise pas toujours ma… mes réactions. Personne ne pourra jamais remplacer Julia. Mais il semblerait que je doive faire de la place à côté d'elle pour d'autres personnes. Et ne pas tout ramener à l'absence de Julia.

— Je m'en veux tellement.

— Je sais. Mais tu es injuste envers toi-même. On a déjà eu cette conversation, non ? Tu dois accepter que ta responsabilité est limitée et tourner la page. J'ai besoin moi aussi que tu le fasses.

— Je… C'est difficile de voir les choses comme ça.

— Rien n'est facile dans cette histoire. Mais tu as fait le plus dur, tu crois pas ?

— Comment ça ?

— Tu as fait en sorte que je puisse être capable de te parler.

— J'ai fait ça, moi ?

— Oui.

J'ai juste envie de la prendre dans mes bras. C'est soûlant. Depuis quand je suis tactile ? C'est Julia qui a déclenché ça en moi. Mais ça n'a jamais concerné personne d'autre. Ce qui me gêne, c'est ce que je ressens quand je la touche. Même quand je la regarde. Elle m'attire comme un aimant, alors qu'elle devrait être un répulsif. Si je croyais en Dieu, je le maudirais de se foutre de ma gueule comme ça. C'est vraiment pas possible de réagir ainsi.

✳✳✳

Après le gâteau, on a décidé de préparer le dîner. En fait, elle cuisine et je la regarde. On discute de temps en temps d'une chose ou d'une autre. C'est juste léger. Agréable. Parfois, j'ai l'impression que Julia est là avec nous. Qu'elle participe à l'harmonie du moment. Elle pourrait être assise sur le tabouret à côté de moi. À observer Sam alors qu'elle s'active. C'est sûr qu'elle ne garderait pas ses yeux dans sa poche. Je souris quand mon regard s'attarde malgré moi sur ses courbes. Comment dire… délicieuses ? Oh my god ! Je suis en manque, c'est ça ? Oh… J'entends une voiture. Je vais ouvrir la porte. C'est Eileann. Je l'embrasse en la serrant dans mes bras.

— Ça me fait du bien de te voir ici.

— Tu es sûre ? Je savais pas si tu voudrais me reparler après…

— Tout va bien. C'est de ma faute. Je n'ai pas réfléchi à ce que tu pourrais ressentir. J'étais centrée sur moi-même. Je suis désolée.

— C'est compréhensible. Mais je pensais pas que je réagirais comme ça. C'était juste au-dessus de mes forces.

— On oublie. OK ?

— OK.

— On a préparé un gâteau, tu en veux ?

— On ?

— Oui. J'ai supervisé.

— … dans la cuisine ?

— Oui. C'est un problème ?

— Ça l'est pas pour toi ?

— Non. Julia m'a dit de laisser de la place à côté d'elle pour d'autres personnes.

— Julia t'a dit ?

Elle me regarde bizarrement.

— Oui. Tu penses que je suis folle ?

— Si tu l'es alors, je le suis également.

— Tu veux dire que…

— J'ai rêvé d'elle cette nuit.

— C'est pour ça que tu es là ?

— Elle m'a dit que tu m'en voulais pas. Que je ne devais pas t'abandonner. Que Sam aussi avait besoin d'amies. C'était tellement réel. Et tellement elle.

— Donc tu vas être cool avec Sam ?

— Je vais essayer. Tu la protèges toujours, hein ?

— Qui d'autre le fera ?

Je sais qu'elle prend sur elle. La situation la perturbe. Nous arrivons dans la cuisine. Je redoute un peu la réaction de Sam, mais elle assure comme s'il ne s'était rien passé. Eileann est soulagée aussi. Sam a un don, je crois.

Nous nous installons dans le salon pour une conversation… euh… banale ? Disons que tout le monde fait un effort pour éviter les sujets qui fâchent. On parle beaucoup de la région, des balades, de la lande, des coutumes. Soudain, mon attention est attirée vers l'extérieur : une nouvelle voiture arrive. C'est pas possible ça. Je vis dans une gare ou quoi ? J'ouvre la porte et Gareth, le frère de Julia, fait irruption dans le salon en m'écartant au passage. Il regarde Sam d'un air mauvais :

— Alors c'est vrai ? Tu as amené cette salope dans la maison de ma sœur ?

Alors qu'il s'avance vers elle, Eileann et moi lui barrons le passage. Je fais signe à Eileann d'emmener Sam dans la cuisine. Pendant qu'elles changent de pièce, il hurle à nouveau :

— Non, mais, tu te fous de ma gueule ? Dans sa cuisine ? Je vais la tuer !

— Tu vas la fermer et rentrer sagement chez toi ! Tu n'as rien à faire ici.

— C'est chez ma sœur et tu n'as pas le droit de bafouer l'héritage familial.

— C'est mon héritage et c'est chez moi maintenant. J'y amène qui je veux.

— Je vais attaquer le testament en justice. Tu es indigne de cet héritage.

— Oh vraiment ? Et tu prouveras comment que toi tu en es digne ? Parce que les amis de Julia pourront témoigner de l'état de vos relations et je ne pense pas que ça joue en ta faveur. Et je te rappelle que même si tu ne le digères pas, j'étais sa femme devant la loi. Tu ne peux rien changer à ça.

— Je trouverai le moyen de récupérer mon héritage.

— Ta sœur t'a donné plus que ce que tu méritais alors ne te plains pas et dégage. Je t'ai assez vu.

— Ta pouffiasse et toi vous ne perdez rien pour

attendre.

— Ne t'avise pas de lui manquer de respect une fois de plus. N'oublie pas que j'ai les moyens de détruire ta foutue carrière.

— Tu ne ferais pas ça !

— Je vais me gêner. Dégage !

Il serre les poings et finit par sortir furax. Je verrouille la porte après lui et je rejoins les filles dans la cuisine. Sam est assise en larmes. Eileann a une main sur son épaule.

— J'ai essayé de lui expliquer la situation. Mais…

Je sais ce que je dois faire. Je m'approche d'elle et la prends dans mes bras. La scène a été violente. Elle est sous le choc. Il ne perd rien pour attendre cet abruti.

Les yeux d'Eileann sont braqués sur moi à cet instant. Je l'inclus dans l'accolade. Sa raideur initiale disparaît petit à petit. Finalement, elle dîne avec nous. Sam essaie de faire bonne figure, mais elle est touchée. Je crois qu'Eileann se rend pleinement compte de sa fragilité. Son regard sur moi est à la fois triste et résigné. Je n'aime pas ça, mais que puis-je faire ? Je ne peux pas jouer l'indifférence envers Sam. Pas ce soir. Je suis juste attentive. Je raccompagne Eileann à sa voiture.

— Prends bien soin d'elle, Alex. Elle a besoin de toi.

— Tu vas bien ?

— Ça pourrait aller mieux. Je vais être franche, Alex. Je viens de réaliser que rien ne sera jamais possible entre toi et moi. Et ça fait mal.

— Je suis désolée. Je ne pense pas que quelqu'un puisse jamais remplacer Julia.

— Remplacer non. Mais quelqu'un pourra se faire sa propre place à tes côtés un jour. Et cette personne, ça ne sera pas moi.

— Pourquoi tu dis ça ?

— Parce que la place est déjà prise.

— Quoi ?

— Je ne suis pas aveugle. Et toi non plus. Tu l'acceptes pas encore, mais ça viendra. J'espère que d'ici là, j'aurai moi aussi tourné la page.

— Merci pour cet après-midi.

— Oh, j'ai pas fait grand-chose.

— Si. Tu t'es mise entre Gareth et elle.

— Oh ! Un vieux réflexe sans doute.

— Merci en tout cas. Prends bien soin de toi et ne nous oublie pas.

Elle se retient de pleurer et je ne peux rien faire pour elle. Pourquoi les choses sont elles si compliquées ?

Je retrouve Sam dans la chambre, adossée contre la tête de lit. Ses larmes coulent. Je m'assieds en face d'elle.

— Ce n'était pas contre toi, Sam. En fait, il ne savait pas que Julia et moi on était mariées. Il n'a pas supporté de voir l'héritage lui filer sous le nez.

— …

— Et son numéro d'indignation fraternel n'est que du pipeau. Y'avait aucune affection entre Julia et lui. Ils étaient le jour et la nuit. Ils ne se comprenaient pas, ne s'entendaient pas. Tu ne dois pas laisser tout cela t'atteindre.

— C'est pas facile.

— Ça l'est si tu remets les choses en perspective.

— C'est-à-dire ?

— D'un côté cet abruti, de l'autre Eileann. Elle était là pour toi. Elle t'a protégée.

— C'est vrai. Pourquoi elle a fait ça ?

— D'abord parce que c'est sa nature, ensuite parce qu'elle t'aime bien malgré le contexte, enfin parce que Julia lui a demandé de veiller sur toi.

— Julia ?

— Oui. Apparemment, tu plais bien à ma femme. Elle me l'a dit aussi. Non, je ne deviens pas folle, t'inquiète pas.

Elle me regarde perplexe, mais elle sèche ses larmes.

— Et si on terminait la soirée avec une vision de rêve ?

— Du genre ?

— Hum… toi en pyjama ?

Elle sourit en m'envoyant un oreiller à la tête et se précipite dans la salle de bain. Je suis perdue… mais je lui ai rendu un mini sourire.

***

Rebelote. Plus de minuit et je ne dors pas. Journée épuisante ? Compliquée ? Riche en émotions ? J'espère que Julia aura la bonne idée de visiter son frère cette nuit et de lui foutre la trouille de sa vie. De toute façon, je sais qu'on n'a rien à craindre de lui. Juridiquement, il ne peut rien faire et, pour le reste, c'est un pleutre, il ne tentera rien. Il a trop peur de moi et il a bien raison pour le coup. Je n'hésiterai pas à utiliser mes contacts pour le mater s'il fait mine de quoi que ce soit. Comment peut-il être le frère de Julia ? Je crois que si ses yeux avaient été des mitraillettes le jour de la lecture du testament, je ne serais plus de ce monde. Bref...

Eileann ensuite. Compliqué là aussi. Mais elle fait de gros efforts. Elle est belle. Elle est gentille. Intelligente. Pourquoi elle ne m'attire pas ? Ça serait beaucoup plus simple et gérable. Mais j'ai beau évoquer ses courbes objectivement appétissantes, il ne se passe rien, pas d'étincelle. Pffff... C'est mal fichu la vie ! Comment faire pour lui trouver la fille parfaite ? Je ne connais pas grand monde. En tout cas, qui pourrait lui convenir. Il faut que j'en parle à Moïra.

Je me retourne vers Sam qui dort profondément. Sa main dans la mienne, nos doigts enlacés. Cela l'apaise, on dirait. J'ai l'impression d'être une collégienne avec sa première amoureuse. Et le pire, c'est que ça me fait sourire. Sauf que je ne suis pas collégienne, ni amoureuse. Je ne suis pas amoureuse. Juste... attendrie par une personnalité touchante. Attirée par une belle femme parce que mes hormones en ont marre d'être en sommeil. Je repense à mes conquêtes d'une nuit, avant Julia. C'est ça qu'il me faudrait. Et en même temps, je ne peux pas dire que l'idée me transporte au plafond. Cela me paraît glauque. Je chasse, je consomme, je disparais. J'imagine la douleur sur le visage de Sam... et c'est insupportable. Non, mais, je ne suis vraiment pas claire. Je ne suis pas amoureuse, je ne suis pas avec elle et je pense qu'elle pourrait avoir mal si j'allais voir ailleurs. N'importe quoi. Je libère ma main. Elle s'agite et la retrouve dans son sommeil. Et flûte ! Mais c'est bizarre quand même qu'elle me fasse confiance à ce point. J'ai parfois l'impression qu'elle s'abandonne totalement à moi. C'est troublant. J'ai la sensation d'avoir un pouvoir absolu sur elle. C'est troublant aussi. Le pouvoir de faire le mal. Le pouvoir de faire le bien. Elle s'est présentée à moi sans défense. Et pourtant, elle m'a prouvé à maintes reprises qu'elle a du caractère. Elle aurait pu se protéger si elle l'avait voulu, m'imposer des limites. La vérité, c'est que je n'ai jamais pu résister à une femme qui s'offrait à moi. Pas uniquement son corps, mais toute entière, corps et âme. Non, mais là, ma vieille, tu délires complet, hein ! Tu ne sais même pas si tu lui plais. Elle te vouvoie. Je n'appelle pas ça un plan drague. En fait, elle est perdue. Elle cherche un soutien, un réconfort, un peu de sécurité. C'est ça, ma pauvre, t'es juste son filet de sécurité face à ses angoisses. Ouais, je devrais être soulagée. Alors pourquoi je suis de mauvaise humeur là d'un coup ?

***

Quelques journées s'enchaînent entre travail et quotidien. La routine. C'est agréable. Fluide. Efficace. J'aime ça. Lors de notre traditionnelle pause café de milieu de matinée, on entend un hélico. Évidemment, il se pose sur la pelouse. Cette fois, c'est une bonne surprise : Carla !

Elle paraît étonnée de notre accueil chaleureux et détendu. Elle nous annonce être venue passer la journée avec nous. Son taxi aérien reviendra la chercher en fin d'après-midi.

Sam se précipite dans la cuisine pour mettre les petits plats dans les grands. Elle semble sur un nuage. Ça fait plaisir de la voir ainsi.

— Alors ? Qu'est-ce qui t'amène ma belle ?

— Je viens observer comment vont les choses.

— Sans blague ! Comme si tu ne le savais pas.

— J'avoue avoir eu quelques échos surprenants !

— C'est-à-dire ?

— Je ne m'attendais pas à ce que ça se passe aussi bien.

— Tu trouves que ça se passe bien ?

— Pas toi ?

— C'est moi qui pose les questions !

— Non. En principe, c'est l'avocat.

— Sauf que là, tu n'es pas mon avocate, mais mon amie, il me semble ?

— Tu as gagné ! Eh bien, vous semblez bien vous entendre et je ne sens pas de tension.

— Cela n'a pas toujours été comme ça.

— Pourquoi ça a changé ?

— Parce que tu avais raison.

— Mais encore ?

— C'est quelqu'un de bien. Elle souffre aussi de ce qui s'est passé. On essaie de s'en sortir ensemble.

— Eh bien…

— Quoi ?

— Je suis fière de toi, tu sais ?

— Y'a pas de quoi. J'ai vraiment fait des conneries avant d'en arriver là.

— Visiblement, elle t'en veut pas. Donc ça devait pas être si grave.

— Tu n'apprendras pas ce qui s'est passé. Mais ça n'était pas anodin.

— D'accord. Ce que je retiens, c'est ce que je vois aujourd'hui. Et ça me plaît.

— Vraiment ?

— Oui, pourquoi ?

Je repense à la réaction d'Eileann et le contraste est saisissant.

— D'autres ont du mal à accepter.

— Je comprends, mais tu dois leur laisser du temps.

— J'imaginais pourtant que si moi je pouvais, ça ne poserait pas de problème pour les autres.

— Chacun réagit à sa façon. J'ai entendu dire aussi que peut-être tu avais une bonne raison de te comporter ainsi.

— C'est-à-dire ?

— Elle te plaît ?

— …

— C'est pas mal, Alex. Tu as le droit d'avoir ce genre de sentiment.

— Vraiment ? Tout le monde a l'air de penser que je trahis Julia.

— Pas moi. Julia t'aimait profondément et ce qu'elle voudrait aujourd'hui, c'est juste que tu sois heureuse, que tu reconstruises ta vie. Avec une fille qui soit assez bien pour toi.

— Et ?

— Et je crois qu'elle est assez bien pour toi.

— Comment tu peux dire ça, Carla ?

— Parce que je le pense. Une existence, c'est trop court et trop cruel. Tu en as fait l'amère expérience. Quand elle t'offre un cadeau pareil, tu l'assumes. Et basta ! C'est ta vie. L'important, c'est de rester en accord avec tes principes et tes valeurs. En harmonie avec toi-même. Ceux qui te jugeront le feront à tort parce qu'ils ne vivent pas ce que tu vis, ce que tu ressens. Si ce sont tes amis et que tu tiens à eux, tu leur expliqueras. S'ils ne comprennent pas, ce ne sont pas de vrais amis et ils ne te méritent pas.

— Je t'adore, ma belle. Tu le sais, ça ?

— Oui, je le sais.

Nous éclatons de rire. Elle me fait un bien fou. Je me sens de belle humeur. Légèrement euphorique. Je ne sais pas combien de temps ça va durer, mais je profite. Le déjeuner se passe à merveille. Sam est détendue. Carla déploie toute sa bienveillance. En début d'après-midi, je laisse Sam et Carla ensemble. Je sais que Carla est là aussi pour lui parler. J'ai une totale confiance en elle. Je ne ressens pas le besoin de protéger Sam.

Avant de partir, elle me prend à part :

— On a encore un détail à régler. En fait, je suis venue pour une raison précise.

— Je t'écoute.

— Le juge va être débarqué. Il a commis quelques crimes de lèse-majesté et même ses puissants protecteurs ne pourront rien pour lui.

— Oh ! Et en quoi ça me concerne ?

— Tu dois me dire ce que tu veux.

— Euh… Je veux rien.

— Par rapport à Sam et à sa situation. Avec le nouveau juge, je peux faire annuler cette « expérience ».

— Oh !

— Oh ? Mais encore ?

— C'est compliqué. Je peux pas te répondre comme ça.

— Et si je te dis : c'est fini. Je la ramène avec moi ?

— Non.

— Non quoi ?

— Non, tu la ramènes pas. Elle est pas prête.

— Elle est pas prête ? Parce que toi tu l'es ?

— … Non.

— On est d'accord. Bon si tu changes d'avis, tu sais maintenant que tu as une porte de sortie.

— Tu le lui as dit ?

— Non. Je suis ton avocate, pas la sienne. Et j'ai pas l'impression qu'elle ait envie de partir.

Avec un clin d'œil complice, elle me dirige vers la maison pour saluer Sam.

14 - Sur le fil

Sander House.

La nuit a porté conseil cette fois. J'ai décidé de ne pas me prendre la tête. De profiter de sa présence le temps qu'elle durera. Ce qui est sûr, c'est que je ne ressens plus de tension par rapport à l'accident. Le passé est le passé. Julia ne lui en veut pas. Je dois aussi lui pardonner. Je dois... donc je ne l'ai pas encore fait... Mais je peux maintenant accepter sa présence, sa façon d'être, sans lui reprocher d'être en vie.

C'est agréable de bosser avec elle. Elle apprend vite et bien. Elle s'intéresse à tout. Quand je lui explique quelque chose, j'ai parfois l'impression qu'elle me voue une admiration sans bornes. C'est amusant et gênant en même temps. Comme cette proximité physique qu'on a souvent. À la fois naturelle et dérangeante. Elle ne s'écarte jamais, mais ne fait jamais un geste vers moi. Je ne le fais pas non plus. Je crois qu'elle a juste besoin qu'on prenne soin d'elle. Elle est pleine d'énergie. Elle remplit mes journées. Mes nuits sont plus sereines aussi.

La voiture reste le gros problème. C'est compliqué, mais on avance petit à petit. Elle a réussi à mettre les mains sur le volant, à enlever le bandeau, à démarrer. Bon là, c'est sûr, la réaction a été violente. Arrêt brutal et on est revenues quasiment au point de départ pendant un moment. Je l'ai fait recommencer. Son regard quand je lui ai imposé ça ! J'ai cru que mon cœur allait imploser de voir tant de douleur. J'ai déposé un chaste baiser sur son front. Et elle a recommencé. Un peu plus longtemps. En larmes. Mais elle est ressortie de la voiture à peu près calmement pour retrouver mes bras. Pas juste pour se blottir. Mais pour m'étreindre puissamment. Et pour que ma présence soulage son angoisse et ses tremblements. Je l'admire pour tout ce qu'elle endure. Pour sa volonté d'avancer. Elle est fragile, mais elle trouve en elle la capacité de surpasser ses faiblesses. Tout l'inverse de Julia. Elle était la force incarnée et parfois elle me laissait voir ses fragilités.

Je pense qu'elle a passé un palier crucial. Demain, on ne se contentera pas de démarrer. Il faudra rouler. À deux à l'heure, peu importe, mais rouler. Je me sens tendue comme un arc tout d'un coup. Je vais nager un peu, cela me fera du bien.

— Sam, je vais à la piscine. Tu veux pas venir ?

— Non. Je n'aime pas trop l'eau.

— Tu n'aimes pas l'eau ? Ou tu sais pas faire le poisson ?

— Les deux, mon Capitaine.

— Je t'apprendrai.

— …

— Bon d'accord, je n'insiste pas. Pour l'instant.

Décidément, elle cache bien des surprises. En même temps, je l'ai échappé belle. Pour lui apprendre à nager, il faudrait que je lui montre comment flotter. Ça veut dire poser mes mains sur elle. Et un maillot, ça ne couvre pas tout. Parfois pas grand-chose. Oh my god, j'en ai des sueurs froides. Je ne vais pas résister longtemps à cette proximité quotidienne. Mes gestes sont de plus en plus tendres, je le sais. Remettre une mèche de cheveux. Essuyer ses larmes avec un peu trop de douceur. La voir pleurer m'est insupportable.

Je nage. Plus je nage, plus je me rends compte que j'arrive au bout de l'impasse et que je vais devoir trouver une porte de sortie. Suis-je prête à aller plus loin ? J'ai déjà eu la tentation de goûter ses lèvres. Comment aurait-elle réagi ? Elle me laisse faire jusqu'à présent, mais elle ne se permet rien. Parfois, je surprends son regard sur moi. Avec une douceur, une tendresse qui peuvent n'être qu'amicales. Comment comprendre ce qu'elle pense, ce qu'elle ressent ? En plus, avec la phrase que je lui ai lâchée lors de notre dernière altercation ! Comment je fais maintenant ? Elle va croire que…

Je nage et je sais. Je sais que la première étape c'est d'apprendre ce qu'elle ressent. Je sais, mais je ne sais pas comment. Le plus simple serait de l'embrasser. Mais je ne supporterai pas qu'elle me rejette. Encore moins, qu'elle ne me rejette pas pour une mauvaise raison. Et comment je vais réagir, moi ? C'est bien beau de penser à froid que j'ai surpassé mes problèmes. Mais si en l'embrassant tout remonte à la surface ? Si Julia se retrouve entre nous ? Je ne peux pas prendre le risque de lui faire du mal à nouveau. Bon, ben… Il est urgent d'attendre.

Je quitte le bassin et passe à la douche. J'entends Sam m'appeler à travers la porte. J'arrête l'eau.

— Je t'écoute.
— Le bureau d'Édimbourg veut absolument vous parler.
— OK. Je me rince et j'arrive.

Je sors sans prendre le temps de m'habiller. J'ai juste enroulé une grande serviette autour de moi. Elle rougit. Son regard me percute de plein fouet. Bleu métallique. Je reste neutre malgré les papillons qui s'agitent dans mon ventre. Je récupère le téléphone sans la quitter des yeux. Je ne sais pas ce que j'exprime, mais elle se dérobe un instant et semble fascinée par le sol. Quand son regard revient se poser sur le mien, il est différent. Très différent. Horrifié. Dégoûté. Elle s'enfuit en courant. Je réalise qu'elle a vu mes jambes pour la première fois. Avec mes cicatrices !

Bon ben, problème réglé. Elle ne risque pas d'être attirée. Sa réaction de dégoût est trop violente pour qu'elle puisse passer outre. Et je ne supporterai pas sa pitié. J'expédie mon interlocuteur et envoie le combiné se fracasser contre le mur. Douche froide. Retour à la réalité.

***

Je me suis rhabillée, mais je suis gelée de l'intérieur. Il va pourtant falloir que je l'affronte. Rien n'a changé. L'important, c'est de lui donner les moyens de reprendre sa vie. Les choses sont simplement rentrées dans l'ordre. Juste au bon moment. Je ne peux pas lui en vouloir, c'est vrai que ces cicatrices ne sont pas belles. Elles sont douloureuses aussi parfois.

J'ai fait toutes les pièces sans la trouver. Reste sa chambre. La porte de communication est fermée. Elle est là. Je sens que je vais devoir appeler le chauffagiste cette fois. Cette nuit, je dormirai dans le salon. Je prends mon courage à deux mains et je rentre. Elle est assise dans un coin, la tête dans ses bras et je l'entends sangloter. Bizarre, quand même. Qu'elle soit dégoûtée, je peux le comprendre, mais pourquoi une telle réaction ? Je m'approche doucement et me pose à côté d'elle. Elle ne semble pas s'être rendu compte de ma présence.

— Sam ? Calme-toi, s'il te plaît.

— …

— Je suis désolée que tu aies vu ça. Mes jambes sont couvertes maintenant. Je te promets de veiller à ne plus t'infliger ce triste spectacle.

Elle me regarde cette fois. Complètement défaite, en colère, dégoûtée toujours. J'ai loupé un épisode, ce n'est pas possible.

— Sérieusement ? Vous vous excusez ?

— Oui. C'est le moins que je puisse faire, non ?

— Vous vous excusez parce que je vous ai infligé ces cicatrices ? Vous vous excusez parce que vous souffrez tous les jours des conséquences de mes putains d'erreurs ? De mon crime ?

— Oh là, du calme !

— Comment voulez-vous que je me calme ?

— Je comprends que ces marques te dégoûtent. Elles ne sont pas très belles. J'aurais dû faire plus attention.

— Je suis dégoûtée, oui. Pas par vos cicatrices. Comment voulez-vous que je me calme alors que j'ai détruit votre vie ? Vous aviez une vie parfaite. J'ai tout saccagé. Votre vie. Votre couple. Votre corps. Mon crime a laissé des cicatrices profondes, incicatrisables, impardonnables.

— Tout cela est du passé. Grâce à toi, je guéris petit à petit. Tu dois aussi accepter d'avancer, d'abandonner derrière toi, le passé et ses conséquences. Ni toi ni moi, nous ne l'oublierons. Mais nous pouvons vivre avec.

— Non. Je ne peux plus. Je ne supporte plus ce que je vous ai fait. Vous êtes quelqu'un de profondément bon et gentil. Vous ne méritiez pas ça. Je ne mérite pas que vous m'aidiez. Je vais partir et assumer les conséquences de mes actes. Et je ne toucherai plus jamais à une voiture.

Elle sort de la pièce sans un mot. Je suis abasourdie. Tout vient de s'écrouler comme un château de cartes. Comment je vais faire pour la récupérer ? Le mal est profond. J'ai juste la soirée pour arranger les choses. Demain, il sera trop tard.

***

Je décide de partir à l'assaut. Je n'ai rien à perdre. Si je ne fais rien, elle s'en ira demain. Je ne le veux pas. Pas maintenant. Elle n'est pas prête. Je ne le suis pas non plus. Elle est dans la cuisine. Elle s'active. Elle m'ignore.

— Sam, c'est important que tu m'écoutes.
— Ça sert à rien. La messe est dite. Je passe ma vie à faire des erreurs.
— Tu n'as pas fait d'erreur en décidant de m'accompagner ici et tu le sais.
— Vraiment ? Je vous ai rendu votre femme ? J'ai effacé les conséquences de ce putain d'accident ?
— À l'impossible, nul n'est tenu et tu n'es pas venue pour ça.
— Je voulais vous aider, mais je ne suis qu'un boulet dans votre vie. Je vais partir. Vos amis seront là pour vous et vous recommencerez à vivre.
— Vraiment, tu crois ça ?
— Oui. Je vais faire ma valise.

Non, mais, quel fichu caractère ! Je la suis, mais je ne sais pas quoi faire. Je vais quand même pas la séquestrer. De toute façon, elle n'a pas de moyen de locomotion.

— Je ne te reconduirai pas. Tu vas faire comment ?
— Je vais appeler un taxi pour aller à la gare.
— Et tu crois que je vais te permettre de plier bagage comme ça ?
— Bien sûr. Vous retrouverez votre havre de paix. N'insistez pas, c'est mieux comme ça.

Bon ben, je n'ai pas trop le choix. Je m'en veux de faire ça, mais elle ne me laisse pas d'autre possibilité. Elle fait des allers-retours entre le lit et l'armoire pour remplir sa valise. Je la coince une nouvelle fois contre la porte. Elle est en colère cette fois et tente de se libérer.

— Écoute-moi et après tu seras libre de faire ce que tu veux.

Elle se calme, mais son regard lance des éclairs. Mon Dieu, qu'elle est belle !

— Avant que tu arrives, j'avais prévu de sauter du haut de la falaise pour rejoindre Julia. Si tu pars…
— Vous n'oseriez pas ?
— À ton avis ?
— Vous n'avez pas le droit de me dire ça !
— Tu as raison. Pourtant, c'est la vérité.

Je l'ai libérée et je suis allée m'étendre sur le lit. Elle

s'est laissé glisser contre la porte et s'est assise. Elle me regarde incrédule. Je me hais de lui faire ça, mais je dois tenir bon.

— J'ai besoin de toi, Sam. Ne me lâche pas maintenant.

L'ayant rejointe, j'emprisonne doucement ses mains et l'aide à se relever, avant de l'enlacer. J'essuie ses larmes. Elle est bouleversée. Elle va rester, mais j'ai peur d'avoir fait des dégâts. Elle a perdu son entrain, sa force intérieure. Elle est aussi gelée que moi. Ai-je fait le bon choix de la retenir malgré elle ? Je lui demande avec toute la douceur dont je suis capable :

— On défait ta valise ?

Elle acquiesce en silence et me laisse faire. Elle s'est assise à côté et semble ailleurs. J'arrive au fond du bagage et je tombe sur un ensemble shorty et soutien-gorge en fine dentelle d'un rouge éclatant. Sans égard pour l'atmosphère du moment mon esprit imagine sans peine... et mon corps réagit au quart de tour. J'ai dû bugger un instant, car je décèle une pointe d'amusement dans son regard.

— Euh... tu mets ce genre de chose, toi ?
— C'est trop bien pour moi ?
— Oh non. C'est juste que... je t'imaginais... plus sage.
— C'est pas bien d'imaginer.

— Tu as raison, c'est mieux d'explorer, de découvrir.

Elle ouvre la bouche, mais rien ne sort. Elle me reprend l'ensemble avec un demi-sourire et va le mettre dans l'armoire. Je range la valise.

— Tu as faim ?
— Non pas vraiment.
— Pourtant on dit que les émotions, ça creuse.
— Alex ?
— Oui.
— Pourquoi ne m'avez-vous pas laissé partir ?
— Je te l'ai dit. J'ai besoin de toi.
— Je n'y crois pas. C'est pas possible.
— C'est aussi ce que je me suis répété des centaines de fois. Pourtant, c'est la réalité. Et tu sais que c'est la vérité.
— Je suis pas dans votre tête.
— Heureusement, tu risquerais de prendre peur ! Mais tu sais que j'aurais pu faire réparer le chauffage depuis un moment. Je sais que tu aurais pu me suggérer de le faire et tu ne l'as pas fait non plus.
— Vous êtes pas possible !
— Oh là, je me demande comment je dois prendre ça !

Elle rit presque de bon cœur et je la tire par la main :

— Allez, ma belle. Moi, je meurs de faim !

J'ai l'impression d'avoir survécu à un tsunami. Et je réalise à quel point je me suis attachée à elle.

***

Je ne pensais pas que ce serait possible, mais nous sommes dans le même lit ce soir. Au milieu, collées l'une à l'autre. On était allongée chacune sur le côté, face à face. Elle m'a demandé si je pouvais la prendre dans mes bras… d'un air coupable. Comment aurais-je pu résister ? Comment aurais-je pu avoir envie de résister ? Même si c'est voué à l'échec, chaque moment de tendresse avec elle me fait du bien. Alors je profite. Carla a raison, la vie est trop courte. Et tant pis pour ceux qui ne comprendront pas. Julia est d'accord : c'est le principal. Ce qui serait pertinent, ce serait que Sam comprenne aussi. Parce que ce n'est visiblement pas le cas. Elle est rongée par la culpabilité. Comment j'ai pu passer à côté de ça pendant si longtemps ? Je l'ai enfoncée dans l'idée qu'elle était une criminelle, juste pour avoir quelqu'un sur qui déverser ma colère. Je suis impardonnable. Comment je vais la sortir de là maintenant ? Parce que les faits sont ce qu'ils sont. Je ne peux pas les nier. Les conséquences, idem. Mais si moi je peux vivre avec les conséquences, elle aussi non ? Il y a une autre solution. Je lui expose que pour racheter sa faute, il faut qu'elle s'enchaîne à moi pour la vie… N'importe quoi ! En plus, elle serait capable de me dire oui. Faute, c'est surtout le mot à ne pas employer d'ailleurs.

Je commence à avoir du mal à maîtriser mon esprit et les images qu'il m'impose. Surtout en cet instant. L'avoir tout contre moi, c'est juste... Elle est si confiante. Est-ce qu'elle ne se rend pas compte de l'effet qu'elle me fait ? Elle n'est pas si naïve et pourtant... Ressent-elle la même chose que moi ? Comment le savoir ? Elle a besoin de ce contact physique, mais c'est peut-être juste du réconfort ? Je me torture l'esprit : je ne vois pas comment je peux avoir le fin mot de l'histoire. La seule possibilité, c'est de me découvrir et d'en assumer les conséquences. Mais je ne suis pas prête à ça. Et je ne sais pas combien de temps je vais résister. Je tourne en rond. D'un côté, l'appel de ses lèvres, l'envie de la déshabiller lentement, de goûter chaque parcelle de son corps, de l'emmener loin, très loin... De l'autre son regard dégoûté et horrifié, pour mes jambes, pour mes gestes. Je crains de ne plus pouvoir me voiler la face. Je suis déchirée.

En tout cas, je peux constater une chose : chaque crise nous rapproche.

Ce matin, tout a repris son cours normal comme s'il ne s'était rien passé. J'ai appelé le chauffagiste. Elle est au courant maintenant. Je verrai bien ce qu'elle fait. Si elle préfère dormir dans sa chambre, j'aurai ma réponse. Je ne sais pas, par contre, quand je vais remettre la voiture sur le tapis. Ce sera un rude combat. Elle a besoin d'un peu de calme et de sérénité, je vais attendre un peu. Juste du quotidien. Tranquille. Sans heurts. Sans crises. Et des nuits... pour le coup, beaucoup moins sereines en ce qui me concerne. Mais l'idée qu'éventuellement, je pourrais lui faire du mal ou ruiner ses chances d'aller mieux me retient très efficacement.

— Sam. Tu peux te poser deux secondes. J'aimerais te parler.

— Je vous écoute.

— Le chauffagiste va passer.

— Oh ! Je suis désolée.

— Pour quoi ?

— Je n'aurais pas dû hier soir.

— Pas dû quoi ?

— C'est pas grave. Je vais m'occuper du déjeuner.

— Stop, jeune fille. On a dépassé ce stade, non ? En ce qui me concerne, tu n'as rien fait de mal.

— J'avais pas le droit de vous demander ça.

— Tu en avais besoin et moi aussi. C'est pas une question de droit, mais de confiance.

— Alors pourquoi le chauffagiste ?

— Parce qu'il est temps d'être honnête l'une envers l'autre. Si tu as envie de rester dans la chambre, tu y as ta place.

— Et vous ?

— Euh, ben, je pense aussi que j'y ai ma place.

— Ne vous moquez pas ! Vous voulez que je parte ou pas ?

— Je veux ce que tu veux.

— C'est trop facile.

— Vraiment ? Non. Te laisser le choix n'est pas évident. Je sais ce que je veux.

— Pourquoi ne pas me le dire alors ?

— Parce que c'est important pour moi de connaître le tien.

— Et si c'est pas le même ?

— Si c'est pas le même, c'est que tu auras une bonne raison.

— Et pourquoi c'est moi qui aurais le mot final ?

— Parce que je suis le boss !

— Sans blague. En voilà une logique tordue !

— Je te l'accorde. Je te propose un truc. On inscrit chacune sur un bout de papier notre décision et ensuite on en discute.

— Si vous voulez.

— Non. J'attends de toi un oui franc et massif. Mets-y ce que tu penses et pas ce que tu penses que je pense ou ce que tu penses que je veux. Il y a eu assez de malentendus entre nous. On est des adultes, on peut parler sereinement de tout. Même si on n'est pas d'accord.

Nos regards s'accrochent encore une fois. Elle accepte. J'ai le cœur qui bat la chamade. J'inscris mon vote rapidement. Elle hésite. Si seulement, je pouvais lire dans ses pensées.

Elle me tend son papier et me murmure :

— Je ne peux pas être plus honnête que ça.

Aïe ! Ça veut dire quoi ça ? Je lui donne le mien.

— Qui commence ?
— Vous.

— Petite joueuse !

Elle me sourit, mais elle est crispée. Et moi donc.
Lentement, j'ouvre le papier plié en deux : « Je reste ».
Toute l'adrénaline redescend. Je me sens vidée et sur
un nuage. Mais je demeure impassible.

— À toi.

Elle fait les mêmes gestes que moi. Et elle ne lit
qu'un seul mot : « Reste ». Un sourire étire ses lèvres
lentement. Elle relève enfin son visage vers moi. Elle
est émue. Je lui tends la main. Elle pose la sienne. Par
ce simple contact, on scelle, je l'espère, une paix
durable. Et la fin des malentendus, désormais on peut
parler de tout. Presque tout.
La sonnerie du téléphone interrompt cet échange
silencieux. Sam décroche et je sors de la pièce quand je
capte :

— Maman ? Calme-toi, s'il te plaît. Dis-moi ce qui
ne va pas.

Je reviens vers elle et je vois son visage se
décomposer au fil des secondes qui passent. Elle laisse
tomber le téléphone et s'évanouit dans mes bras. Je la
pose sur le canapé. Je récupère vite fait le combiné et
indique que je m'occupe de Sam et que je rappelle
après. Je reviens vers elle. Avec de petites tapes sur les
joues, elle reprend connaissance. Elle est blanche
comme un linge, ne parle pas. Elle me regarde sans me

voir. Elle est sous le choc. Mais le choc de quoi ?

— Sam. Dis-moi ce qui se passe, s'il te plaît.

Elle a fermé les yeux. Je reste un moment auprès d'elle. Je la couvre d'un plaid. Et je la laisse se reposer un peu. Je rappelle sa mère tout en la surveillant du coin de l'œil.

— Madame ? Oui, je me suis occupée de Sam.
— Comment va-t-elle ?
— Elle est sous le choc. Pouvez-vous me dire ce qu'il se passe ?
— Je pense qu'il vaut mieux que ce soit Sam qui vous en parle, si elle le souhaite.
— Sans doute. Mais pour l'aider, je dois savoir où est le problème. Et elle a besoin de mon soutien, là maintenant.
— …
— C'est important, Madame.
— Je… Excusez-moi… C'est pas facile à dire.
— Prenez votre temps.
— C'est sa grand-mère.
— Elle est malade ?
— Elle est… Elle est…
— Décédée ?
— Oui.
— Oh, merde ! Désolée. Je vous présente mes condoléances, Madame. Je m'occupe de Sam et je vous tiens au courant.
— Je…

— Je vous écoute.

— L'enterrement a lieu dans trois jours. Vous pensez que…

— Si elle veut venir, je me charge de vous l'amener.

— Merci.

— Je vous en prie.

Je reviens vers elle et je la prends dans mes bras. Pour réagir comme ça, elle devait être vraiment proche de sa grand-mère. Non, mais franchement, pas moyen de souffler cinq minutes. Comment elle va surmonter ça ? Que dois-je faire ?

**

J'ai pris soin d'elle. Dévastée, elle a refusé de manger, de parler toute la journée. Elle est juste recroquevillée sur elle-même. En fin d'après-midi, je lui ai donné un somnifère et je l'ai mise au lit. Elle s'est rapidement endormie. Quand je suis venue me coucher à mon tour, elle s'est collée à moi, sans se réveiller. Comme si son instinct l'avait amenée vers sa bouée de sauvetage. Je ne sais pas si c'était attendu, si sa grand-mère était malade. Je l'ai peut-être empêchée d'être auprès d'elle. En même temps, si c'était le cas, elle aurait pris des nouvelles et sans doute que le choc n'aurait pas été aussi rude. Je redoute les heures à venir. Je vais attendre qu'elle émerge pour me lever. Hors de question qu'elle se réveille seule. Le plus urgent est de savoir ce qu'elle veut faire. Pour organiser le voyage si nécessaire. Je me rends compte que je ne peux pas la laisser partir sans moi. D'un autre côté, je ne suis certainement pas la bienvenue dans sa famille. Je n'ai pas ressenti d'hostilité particulière de la part de sa mère. Mais bon, sur place, ce sera sûrement différent. Elle commence à bouger. Que dois-je lui dire ? Elle ouvre les yeux. Son regard accroche le mien instantanément. Je lui rends son sourire.

— Comment vas-tu ?

— Bien.

— Vraiment ?

— Oui. Je suis désolée pour hier. C'était juste trop.

— Je comprends. Ne t'inquiète pas.

— Elle a eu une belle mort, dans son sommeil.

— Elle n'a pas souffert, c'est important.

— Et Julia ?

— Non. Elle n'a pas eu le temps. Tu veux aller à l'enterrement ?

— C'est loin. Ça va être compliqué. Je sais pas si j'aurai la force.

— Mais tu en as envie ou pas ?

— Oui.

— OK. Alors je t'y emmène.

— Alex, vous n'êtes pas obligée de me materner tout le temps.

— Sérieux ? Tu me prends pour ta mère ? J'ai l'air si vieille que ça ?

— Non. C'est pas ce que je voulais dire.

— Encore heureux ! Pas de discussions dans ce cas, je t'emmène. Oh…

— Quoi ?

— Y'a juste un détail à régler avant.

— Lequel ?

— Ben, je suppose que ta famille ne me porte pas dans son cœur. Tu me protégeras ?

— Oui, je vous protégerai. Pour une fois, cela changera.

Elle scelle sa promesse par un sourire. Elle semble avoir digéré la nouvelle. Ce n'est pas qu'une façade, elle a trouvé en elle la force de faire face, de ne pas laisser ses émotions négatives la submerger. Mais je me doute que le voyage ne sera pas facile. Comment vais-je supporter de me retrouver à un enterrement ? Ce sera le premier depuis…

15 - Terrain miné

Canteleu, Normandie.

Nous voilà arrivées à destination. Une petite ville en banlieue de Rouen. Sam semble gérer les choses du mieux possible. Finalement, elle n'a sans doute pas besoin de moi. Je l'ai sous-estimée. Mais rester loin d'elle dans un moment pareil me paraît au-dessus de mes propres forces. Je ne sais pas comment j'en suis arrivée là, mais la vérité c'est que j'ai besoin, moi, de la sentir en sécurité, protégée. L'idée qu'elle soit seule face à l'adversité m'est insupportable. Pourtant, elle va rejoindre sa famille. Ce n'est pas parce que je n'en ai pas qu'il en est de même pour elle. Peut-être que quand j'aurai constaté qu'elle est en sécurité parmi les siens, il me sera plus facile de m'effacer. En toute logique, ils souhaiteront la protéger de moi. Et sa mère va sûrement vouloir me tuer. Bref, que du bonheur en perspective.

J'ai loué une voiture sur place et je mets l'adresse

sur le GPS. Sam se renferme un peu. Elle me regarde de temps en temps et me sourit tristement. Je lui dis qu'elle n'a pas besoin de faire semblant, que je comprends. Nous voilà devant la maison. Elle sonne. La porte s'ouvre et sa mère la prend dans ses bras. Je reste en retrait près de la voiture. Elle vient me chercher et me présente.

— Bonjour, Madame.

— Bonjour. Appelez-moi Marina, je préfère. Sam, j'ai préparé ta chambre ainsi que des draps pour ton invitée.

— Oh, j'ai réservé dans un hôtel pas loin. Je ne veux pas vous déranger.

— Vous êtes la bienvenue dans cette modeste maison.

— Euh… Vraiment ?

— Oui. Le fait que Sam soit là aujourd'hui est pour moi sans prix. Et c'est à vous que je le dois. Je vous laisse vous installer.

Sam n'est pas intervenue dans la discussion.

— Et toi, tu en penses quoi ?

— J'ai besoin de vous. Vous le savez. Je suis debout parce que vous êtes là.

— Mais si tu préfères rester en famille, je serai pas loin.

— Toujours trop pour moi.

— D'accord. On débarque les bagages ?

— C'est parti !

On rentre dans le jardin et on fait le tour de la maison pour se retrouver devant une cabane en bois ! Elle me regarde, amusée.

— Voici mon domaine !

Un salon, une chambre, une salle de bain. Petit, chaleureux, bien aménagé. Pas de luxe, mais confortable. Elle s'étale sur le canapé-lit et ferme les yeux. Elle a l'air épuisée d'un coup.

— Ça va aller ?
— Je me pose juste un moment. Après, j'irai aider ma mère pour préparer le repas.
— OK, je viendrai avec toi.
— Vous êtes sûre ?
— Euh… Oui. Pourquoi ?
— Eh bien, vous êtes parfois un peu dangereuse dans une cuisine !
— Oh ! Je suis vexée !

Elle fait des efforts pour ne pas torpiller l'ambiance. Mais je sais qu'elle a le cœur lourd. Jusqu'ici, elle a refusé de me parler de sa grand-mère. L'enterrement a lieu demain.

***

Nous sommes en pleine corvée d'épluchage quand j'entends la porte d'entrée s'ouvrir. Une tornade d'un mètre et quelques s'abat dans la cuisine, en hurlant « Sammyyyyyyyyyyyyyyyyyy ! ». Elle n'a que le temps de poser son couteau avant de réceptionner ladite tornade dans ses bras. Tandis que sa mère s'occupe de la femme qui vient de s'encadrer dans la porte, Sam s'approche de moi avec son fardeau :

— Jonathan, je te présente mon amie, Alex. Alex, voici mon petit frère Jonathan.

— Bonjour, Jonathan. J'ai droit à un bisou ?

— Ça dépend.

— Oh ! De quoi ?

— Tu es gentille ?

— Je crois qu'il faut demander ça à ta sœur.

— Elle est gentille ?

— Oui. Très.

— D'accord !

Il me fait un bisou sur la joue et se tortille comme un ver pour que Sam le pose sur le sol. Il me prend par la main et me ramène vers la table :

— Toi, tu restes avec Maman. Sammy, tu joues avec moi.

— Mais non ! Alex n'a pas envie de faire la cuisine toute seule.

— Elle est pas toute seule, elle est avec Maman. Tu veux bien, dis, Alex ?

— D'accord, bonhomme. Aujourd'hui, je fais la cuisine.

Il regarde sa sœur d'un air triomphant et l'emmène à fond de train dans une autre pièce.

— Vous pouvez aller avec eux. Je me débrouille très bien dans ma cuisine, vous savez.

— Je m'en doute. Mais j'ai dans l'idée qu'il a envie de garder sa grande sœur pour lui tout seul.

— C'est vrai qu'il ne la voit pas souvent.

— J'en suis désolée.

— Vous n'y êtes pour rien. Sam est partie, il y a quatre ans pour ses études. Et depuis elle ne vient que rarement. Je voudrais m'excuser, Alex. Nous vivons modestement et ce que nous avons à vous offrir fera certainement pâle figure par rapport à ce dont vous avez l'habitude.

— Je ne vis pas dans le luxe, mais simplement. Ne vous inquiétez pas. Je suis étonnée par contre de votre accueil.

— Comment cela ?

— Eh bien… vu les circonstances.

— Hum… Vous voulez parler de vous et Sam ?

— Oui.

— Sam a l'air de vous apprécier. Vous avez pris soin d'elle quand elle a appris pour sa grand-mère et cela me suffit. Je suis mal placée pour juger les gens qu'elle côtoie.

— Comment ça ?

— Eh bien, les relations ont parfois été difficiles entre elle et moi. Ma mère l'a élevée en partie. Et puis, il y a eu Jeanne…

— Jeanne ?

— Elle ne vous en a pas parlé ?

— Non. Elle aurait dû ?

— J'aurai préféré. Mais bien sûr, elle a gardé ça pour elle.

— Je ne comprends pas.

— Elle m'en voudra de vous l'avoir dit. Mais vous devez le savoir. Jeanne était sa petite amie à l'époque de l'accident. Elle était dans la voiture. C'était l'anniversaire de Sam et Jeanne lui avait promis qu'elle ne boirait pas pour qu'elle-même puisse le fêter dignement.

— Et ?

— Elle a disparu pendant un moment et est revenue complètement ivre. Sam s'est fâchée. Elle a décidé de rentrer.

— Et elle a pris la voiture.

— Oui.

Pourquoi ne m'a-t-elle rien dit ? Elle ne m'a jamais parlé d'elle, si je réfléchis bien. En fait, c'est surtout que je ne me suis jamais intéressée à elle. Je ne lui ai jamais posé de questions sur sa vie, ce qu'elle aime, qui elle est. Je suis passée complètement à côté du sujet. J'ai l'impression de la connaître et pourtant je ne sais rien d'elle.

Le dîner se déroule simplement. Jonathan met un peu d'ambiance et allège l'atmosphère. Ensuite, je vais jouer avec lui, car Sam et sa mère doivent parler de la cérémonie du lendemain. Nous finissons par aller nous coucher. Elle est fatiguée.

— Tu me montres comment déplier le canapé ?

— C'est vraiment nécessaire ?

— Eh bien, tu veux que je dorme où ?

— …

— Dis-moi.

— Avec moi ?

— Dans ton petit lit ?

— Oui.

— Oh…

— Ce sera comme cette nuit, non ?

— D'accord.

Ça va juste être un petit peu plus serré, un petit peu plus collé. Son regard est tombé sur une guitare posée dans un coin.

— Sam ? Ça va ?

— Non. Ma grand-mère a demandé avant de mourir à ce que je chante demain à l'église.

— Et c'est un problème ?

— Je ne l'ai pas fait et je n'ai pas joué depuis… l'accident.

— C'est comme le vélo. Ça ne s'oublie pas.

— Oui sauf que… celle-là, c'était sa chanson préférée. Elle voulait toujours que je la chante depuis que mon grand-père est parti. C'était un truc à eux. Elle m'a jamais dit exactement quoi. Je suis pas sûre d'avoir la force de le faire demain.

— Si tu ne le peux pas, tu auras toujours la guitare.

— Vous serez là ?

— Euh… Je suis athée. Les églises, c'est pas ma tasse de thé.

— Je comprends.

— Mais si tu as besoin que j'y sois, j'y serai.

— Merci.

Ses yeux brillent. Je sens que la journée de demain va être pénible. Je peux juste être là. Rien d'autre. Impuissante à la soulager de sa douleur.

***

Nous voilà devant la chapelle. Je n'aime pas l'idée de pénétrer là-dedans. À l'entrée, nous sommes arrêtées par une bourgeoise pimbêche dans toute sa splendeur. Sam l'embrasse du bout des lèvres. Je la salue d'un hochement de tête.

— Samantha, ta mère t'attend au premier rang à droite. Vous, les bancs du fond sont réservés aux invités.

— Elle m'accompagne, ma tante.

— J'ai bien compris, mais à l'arrière.

— Non. Elle vient avec moi au premier rang.

— Certainement pas. C'est la place de la famille. Et ta... cette... enfin, elle ne fait pas partie de la famille quelle que soit ton opinion.

— Écoutez-moi bien, ma petite dame. Ce que vous pensez de moi, j'en ai rien à carrer. Votre air offusqué ne m'impressionne pas. Si Sam veut que je l'accompagne, je l'accompagne et basta. Et je présume que vous ne souhaitez pas que je fasse un esclandre aujourd'hui ?

— Vous n'avez rien à faire ici. Vous ne savez pas qui je suis…

— Ça suffit, Martha !

— Marina, tu n'as pas à me parler sur ce ton !

— Si tu te donnes en spectacle, ce n'est pas mon problème. Alex vient avec nous que ça te plaise ou non.

Et sans lui laisser le temps de répliquer, elle nous entraîne avec elle.

J'ignore la cérémonie pour me concentrer sur Sam. Elle déploie une force surhumaine pour rester debout, sa main accrochée à la mienne. Elle retient ses larmes, mais elle ne peut pas chanter les différents psaumes. Je m'inquiète pour elle. Comment va-t-elle gérer la demande de sa grand-mère ? Sa mère a apporté son instrument et l'a posé contre une colonne.

— Sam va nous interpréter la chanson choisie par la défunte : Hallelujah.

Elle serre ma main une dernière fois, prend la guitare et va s'installer devant le micro. Elle respire un grand coup et me regarde. J'essaie de lui insuffler toute ma force. Elle commence les premières notes et s'arrête au moment de donner de la voix. J'ai reconnu le début de la musique. Elle me lance un appel au secours muet. Je ne peux hésiter, je prends place à ses côtés. Elle pince à nouveau ses cordes et j'entame les paroles. Nos regards ne se quittent pas. Je chante pour elle. Elle se détend. Sur les premiers Hallelujah, l'assemblée se joint à moi. Sam débute le deuxième couplet avec moi. Sa voix n'est pas très sûre. Nos regards sont soudés. Elle lâche sa guitare pour le troisième couplet et nous suivons la musique dans nos têtes. Nos voix sont bien accordées alors que c'est une première. Nos voix enflent et nous entonnons la dernière partie à pleine puissance. Je me sens vibrer de l'intérieur. Dans une communion parfaite de nos âmes. Elle envoie ses ultimes notes vers le ciel.

Je ne sais pas ce qui s'est passé après. Nous sommes justes ensemble. Main dans la main. Épaule contre épaule. Je suis perturbée par ce moment partagé.

À la fin de la cérémonie, nous sortons. Elle se blottit contre moi et me murmure :

— Emmène-moi.

Je voudrais la mener au bout de la Terre, loin de toute cette tristesse, mais je ne peux que l'accompagner au cimetière. Au moins pendant quelques instants nous serons seules.

***

Nous sommes rentrées. Quelque chose a changé. Dans son regard. Dans son attitude. Comme si elle était libérée. De quoi ? Je ne sais pas. Et elle me tutoie à présent. Je ne vais pas prendre le risque de lui poser la question et de la replonger dans son état précédent. Au cimetière, elle a fait face. Elle a ignoré l'air furibard de sa tante avec beaucoup de brio. Celle-là, d'ailleurs, ce n'était pas le chagrin qui l'étouffait. Je ne supporte pas ce genre de personne. Elle a de l'argent, ça se voit. Elle fait tout pour ça. Elle méprise et écrase tous ceux qu'elle juge inférieurs à elle. Selon ses critères, bien sûr : fortune et position sociale. Inutile de dire qu'elle ne respecte pas beaucoup Sam et sa petite famille. Pas du tout serait même plus approprié. Encore une injustice en ce bas monde. Une idée me trotte par la tête… mais comment la mettre à exécution ?

Sam joue beaucoup avec Jonathan. Cela lui fait du bien. J'en profite pour discuter avec sa mère. Ces conversations me confirment leur situation difficile et d'autant plus que Sam ne peut plus les aider. Oh, elle n'en parle pas, mais je sais mettre des indices bout à bout. Pour les repas, je vois bien qu'elle fait des miracles avec pas grand-chose. Je viens d'avoir une idée. Je vais chercher Sam.

— Hello, les jeunes ! On sort.

— Chouette ! On va où ? Au parc ? À la rivière ? Je peux monter dans ta voiture ? Tu me laisseras conduire ?

— Doucement, jeune homme. Dans quelques années, tu conduiras ! Pour l'instant, on va faire des courses.

— D'accord !

Voilà un gamin qui n'est pas compliqué. Sam par contre est perplexe.

— Tu veux faire des courses ?

— Oui. Ta mère a besoin de se reposer aussi. Ce soir, c'est nous qui faisons la cuisine. Donc on commence par le supermarché.

— Oh… C'est nous ?

— Comme d'hab : tu fais, je supervise ! C'est pas bien comme ça ?

— Si, si. Très bien.

— Tu préviens ta mère ? On emmène Jonathan.

— Tu es sûre ?

— Ah, ben oui. Je veux pas qu'il me déteste, si je le prive de sa grande sœur.

Elle sourit de bon cœur et part annoncer la nouvelle à sa mère. Le môme a sorti un anorak, un bonnet et des gants. Il me met tout ça dans les mains.

— Tu m'aides ?

Il est craquant ce môme. Sam revient, elle a l'air embêtée.

— Ça va pas ?

— C'est-à-dire que…

— Quoi ?

— Ma mère m'a donné de l'argent pour faire les courses. Elle a vraiment insisté.

— Tu lui rendras plus tard. C'est pas un problème.

— Tu as raison.

— Au fait… Elle a un congélateur ta mère ?

— Oui. Pourquoi ?

— Juste pour savoir.

J'évite habilement son regard soupçonneux en suivant Jonathan qui s'impatiente. Arrivés, sur le parking mon premier combat commence.

— On prend deux caddys.
— Pour quoi faire ?
— Un pour toi, pour faire les courses, et un pour moi avec Jonathan.
— Mais on peut faire tout ça avec un seul ?
— Non. On y va ?

Je ne m'éternise pas. Je récupère un premier chariot, je le lui donne et termine en mettant Jonathan dans l'assise du second. Elle cogite. La partie n'est pas encore gagnée. On entre dans l'hyper et elle m'arrête, en plein milieu du hall.

— Attends une seconde.
— On n'a pas le temps.
— Alex ! Ça suffit ! Qu'est-ce que tu mijotes ?
— Rien. On y va ?
— Non. Je veux la vérité.

Bon, je ne vais pas avoir le choix. Et pas question de se disputer devant le môme. Il est inquiet. Je lui souris.

— Elle est têtue ta sœur, mon bonhomme. Je lui dis tout ?

— Oui. Faut jamais mentir à Sammy.

Il me répond avec le plus grand sérieux.

— Très bien. Je sais que ta mère ne roule pas sur l'or et que notre séjour met à mal son budget. Je doute qu'elle accepte de l'argent. Alors je vais remplir son frigo et son congel. C'est pas négociable.

Elle semble étonnée et incapable de parler. Elle prend son chariot et avance vers l'entrée. Je la suis.

— Sam ? Tu es fâchée ?
— Non.
— Parce que là, j'ai l'impression que tu me fais la gueule.

Elle s'approche de moi et me dépose un baiser sur la joue. Inattendu. Délicieux. Elle me glisse un discret « Merci » à l'oreille et reprend son chariot. Jonathan a un sourire jusqu'aux oreilles. Je crois bien que moi aussi.

✳✳✳

Ouf ! Journée épuisante. Déjà, je n'aime pas faire les courses. Trop de monde. Mais bon, avec mes deux acolytes, c'était sympa quand même. Sauf que plus le temps passait, plus le gamin semblait inquiet. Alors que Sam était dans un autre rayon, j'ai essayé de connaître le fond du problème.

— Tu es fatigué, Jonathan ?

— Non.

— Pourquoi tu ne t'amuses plus alors ?

— …

— Dis-moi. Tu peux tout me dire, tu sais ? Je répéterai rien à personne.

— Y'a trop de choses dans le chariot.

— Tu as peur que ça te prenne de la place.

— Non. C'est que… On a pas beaucoup de sous.

— Oh ! Mais c'est pas grave, mon bonhomme. C'est moi qui m'occupe de tout. Tu t'inquiètes pas, ça va bien se passer.

— Tu es sûre ? Maman, elle aime pas quand y'a trop dans le chariot.

— Aujourd'hui, c'est un jour spécial. D'accord ?

— D'accord. Tu es spéciale, toi.

Sam entre dans mon champ de vision. Elle a visiblement entendu la conversation. Elle fait un bisou à Jonathan. Euh… et moi ? OK, faut pas abuser des bonnes choses.

Tout caser dans la voiture n'a pas été simple. Sur le retour, j'ai avisé un magasin de jouets. Avec les courses, ce n'était pas possible de s'arrêter, mais je ne repartirai pas avant d'y avoir mis les pieds.

J'ai dû gérer aussi la réaction de la mère de Sam. Pas si facile. Mais j'ai réussi à lui rendre l'argent. Il faut que je réfléchisse à ce que je peux faire pour l'aider plus durablement, d'autant plus qu'elle s'est fâchée avec sa sœur à cause de ma présence. Je ne suis pas convaincue qu'elle la soutenait beaucoup, mais dans sa situation la moindre contribution ne peut être négligée. Je passerai quelques coups de fil demain.

La séquence cuisine a été mouvementée. Tout le monde a mis la main à la pâte. Le plus dur a été de choisir le menu. Enfin bref, Jonathan a décidé que, lui et moi, on allait faire un gâteau.

— Euh… mais je sais pas faire, moi.
— T'inquiète pas. Moi je sais. Je te dis.

Sam cachait tant bien que mal son hilarité devant ma tête perplexe. Le pire c'est qu'il m'a vraiment dirigée pas à pas. Une fois la chose sortie du four, il m'a lâché avec emphase :

— Voilà. Tu sais faire aussi maintenant. Tu es encore plus spéciale.
— Merci, mon bonhomme ! Toi aussi, tu es très spécial.

Fichtre ! Je ne pensais pas que je me débrouillerais si bien avec un gamin. À la réflexion, c'est plutôt lui qui se débrouille bien avec moi.

Dîner parfait. Cool et savoureux. Sam est douée en cuisine. Elle n'a pas manqué de me taquiner sur ma nouvelle capacité de pâtissière.

Je sors de la salle de bains. Elle est déjà étendue, sur le côté, sous la couette. Elle ouvre le lit pour moi et me regarde d'un air malicieux. Je m'allonge face à elle. Nous sommes proches. Vraiment très proches. Mes yeux trouvent les siens instantanément. J'ai conscience de sa bouche entre-ouverte. Sa respiration est plus rapide que d'habitude. J'ai envie de poser ma main sur sa hanche. De la rapprocher de moi. De rapprocher mes lèvres. Mon corps est en ébullition, mais le moment est mal choisi. Elle est en deuil et même si elle fait face avec beaucoup de courage, je vois qu'elle n'est pas bien. Je me contente de déposer un baiser sur son front. Elle en profite pour m'étreindre un instant. Du réconfort, c'est tout ce qu'elle souhaite. Quand elle s'éloigne de quelques centimètres, son sourire est taquin :

— J'ignorais que tu étais douée avec les enfants.

— À vrai dire, je crois que c'est ton frère qui est doué avec moi.

— Il t'aime bien, c'est sûr.

— Il est craquant. C'est de famille ?

— Je sais pas. Tu en penses quoi ?

— Je pense que…

— Oui ?

—… que c'est de famille !

— Oh ! Tu disais pas ça, au début.

— Non. Tu m'en veux ?

— Comment le pourrais-je ? J'ai plutôt du mal à comprendre…

— Quoi ?

— Ce qui se passe maintenant. Pourquoi tu es si cool avec moi ? Avec nous ?

— Je fonctionne à l'instinct. Je fais ce que j'ai envie de faire. Et là, j'ai envie que tu me parles un peu de toi.

— Tu veux savoir quoi ?

— Ce que tu souhaites me dire.

— Je ne saurais pas par où commencer. Je préfère que tu me poses des questions.

— OK. Ta vie avant c'était quoi ?

— J'étais étudiante. Lettres et arts. J'aurais aimé être professeur. J'avais décroché une bourse, mais c'était compliqué. J'hésitais entre le français et la musique.

— Ce qui explique ta facilité à rédiger. Et la guitare. Tu joues d'autres instruments ?

— Du piano au départ. Mais je préfère la guitare. On peut l'emmener partout.

— Tu comprends les paroles de la chanson de ta grand-mère ?

— Oui.

— C'est pas très religieux, non ?

— Elle était libre d'esprit. J'imagine que c'était un pied de nez à tous les biens pensants. À ma tante en particulier.

— Hum… Je vois d'où vient ton caractère !

— Comment je dois prendre ça ?

— Comme un compliment, ma belle. Et… Et Jeanne ?

— Oh…

— Tu ne veux pas en parler ?

— Je ne sais pas.

J'hésite un peu, ce n'est pas vraiment le moment idéal pour creuser. Mais je n'aurai pas l'occasion de remettre le sujet sur le tapis de sitôt :

— Tu ne devais pas conduire ce soir-là. Pourquoi ne pas me l'avoir dit ?

— Parce que ça change rien. Je l'ai fait.

— Ça change un peu ton niveau de responsabilité.

— Pas vraiment.

— Sam, j'aimerais vraiment que tu cesses de te torturer.

— Quand je te vois souffrir, je me hais.

— Je vais mieux, non ?

— Peut-être.

— Je vais mieux. Et c'est grâce à toi.

— Tu penses repartir quand ?

— Quand tu veux.

— Demain ?

— Tu es sûre. On peut rester plus longtemps.

— Je sais que la lande te manque.

— Et comment tu peux savoir ça ?

— Mon petit doigt me l'a dit !

***

Avant de partir, je suis passée au magasin de jouet avec Sam. Après des négociations très musclées, elle a enfin accepté le circuit de voitures télécommandées que j'avais choisi pour Jonathan. Un immense circuit ! Avec des loopings et des virages démentiels !

En fait, je crois que je suis vraiment curieuse de voir sa tête ! Tout emballé, c'est assez volumineux. On arrive dans la salle alors qu'il fait ses devoirs. Il se tourne vers nous et ouvre de grands yeux. Il hésite un moment, lâche son stylo et s'approche de nous. Je pose le paquet au sol et je m'agenouille à sa hauteur. Il observe la chose sans bouger. Il semble perplexe :

— Tu le déballes pas, Jonathan ?
— Ça dépend.
— De quoi ?
— Il est pour qui ?
— Pour toi !

Il regarde sa sœur qui hoche la tête. Puis moi. Je l'encourage :

— Ouvre-le !

Il me saute au cou et me plaque un bisou sur la joue et murmure à mon oreille :

— Merci. J'ai jamais eu un paquet comme ça.
— Profites-en alors. Et tu peux dire merci à Sam aussi.

Quand il l'embrasse, je vois qu'elle a les yeux embués. Mon attention se reporte sur le gamin qui déchire le papier cadeau avec un bel enthousiasme. Une fois la boîte ouverte, il reste perplexe devant les pièces à assembler. Il pince ses lèvres comme sa sœur quand elle est embarrassée.

— Tu veux qu'on t'aide ?
— Oui, je veux.
— OK. On va monter le circuit dans ta chambre

alors d'accord ?
— D'accord.

J'emporte le paquet bien trop gros pour lui et on s'escrime un certain temps à tout mettre à la bonne place. Puis à tester et enfin à jouer. Plus les minutes passent, plus il prend de l'assurance, plus ses yeux brillent ! Les devoirs sont oubliés depuis belle lurette ! Ce n'est pas bien, mais qu'est-ce que ça fait plaisir de le voir heureux !

16 - Alice

Sander House.

J'aime les voyages, mais, le meilleur moment, c'est quand je rentre chez moi. Nous avons repris nos habitudes. Travail, balades, cuisine. Sereinement. Sans accroc. Reste toujours le problème de la voiture. Je ne sais pas comment l'aborder. Elle a l'air d'aller un peu mieux depuis qu'on est arrivées. Je ne voudrais pas la replonger dans le négatif. Pourtant... Nous finissons le repas par un expresso bien corsé. Elle me regarde bizarrement. Qu'est-ce qu'elle mijote ?

— Alex, j'aimerais te demander quelque chose.
— Je t'écoute.
— Tes cicatrices te font mal ?
— Euh... parfois.
— Je me disais que des massages leur feraient du bien.

— Tu veux masser mes cicatrices ?

— Pour les assouplir et éviter des situations inflammatoires.

— Hors de question que je t'inflige ça !

— Tu ne m'infliges rien du tout. Laisse-moi t'aider. S'il te plaît.

Que puis-je répondre à ça ? Que cherche-t-elle ? À se punir ? Une proximité physique ? Non, là je rêve. Juste à soulager mes douleurs ?

— Franchement Sam, je suis pas sûre que ce soit une bonne idée.

— On essaie. Si ça va pas, on arrête, simplement.

— Simplement ? Y'a pas grand-chose de simple entre nous.

— Il est peut-être temps que ça change.

Et comment je vais réagir moi, avec ses mains sur mes jambes ? Il y en a quand même une qui remonte assez haut sur l'intérieur de la cuisse. Elle ne se rend pas compte. Soit je prends le risque de la blesser, soit je…

— Juste un essai, s'il te plaît.

— D'accord. Mais… Pffff…

Elle veut ma mort, c'est ça ? OK, j'ai encore le temps de trouver une bonne excuse.

— On y va maintenant ?

C'est bien ce que je disais, elle veut ma mort.

— Installe-toi dans la chambre. Je vais chercher la biafine.

Eh oh ! C'est moi le boss normalement ! Je souris malgré moi. Elle prend de l'assurance. Ce n'est pas pour me déplaire. Bon, je vais être obligée d'enlever mon pantalon. Boxer ? Maillot ? Short ? Short ! Ma belle, tu ne perds rien pour attendre, moi je vais t'emmener dans la piscine.

Je suis assise sur le lit quand elle arrive. J'ai mis une serviette sur mes jambes. Je ne suis pas sûre de sa réaction. Et à vrai dire, je flippe un max.

Elle s'agenouille devant moi et écarte mes mains sur le côté. Elle enlève la serviette sans quitter mes yeux. Elle me dit que tout va bien se passer et elle observe mes jambes. Mon cœur va exploser. Si elle s'enfuit à nouveau... Elle a pris le temps de les regarder. Je vois sa respiration s'accélérer. Elle essuie des larmes d'un geste brusque et touche celle du tibia. Je sursaute à son contact.

— Tu as mal ?
— Non.

Non, je n'ai pas mal. C'est juste Disneyland dans tout mon corps. Elle remonte jusqu'au genou. Elle m'effleure à peine. Je sais que la cicatrice est boursouflée, mais elle ne bronche pas. Elle met de la crème dans sa main. Je ferme les yeux. Je me concentre sur ma respiration. J'essaie de me détendre. Peine perdue. Elle entame sa douce torture sur la deuxième jambe. Même cause, mêmes effets. Et ce n'est que le tibia.

— Comment ça va ?
— Ça va.

Ma voix est un peu rauque. Il est impossible qu'elle ne l'ait pas entendu. Je la regarde. Elle a un petit sourire en coin. Je suis tombée dans un guet-apens ? Jusqu'où ira-t-elle ?

Je me sens nue devant elle. À part le personnel médical, personne n'a jamais vu ces balafres. Elle remet de la crème dans ses mains et s'arrête. La cicatrice de la cuisse droite commence sur l'intérieur du genou. Et mes genoux sont serrés. Elle me regarde, en attente.

— S'il te plaît, laisse-moi faire.
— Tu te rends compte de la situation ?
— Oui. Mais je suis comme une infirmière.

Ah non ! Pas du tout. Tu es sexy. Touchante. Craquante. Et tu me cherches ! Je sais juste pas si c'est volontaire et ça me tue. J'écarte un peu mes genoux, juste le nécessaire. Elle passe sa main. Je vais avoir une crise cardiaque. Elle se contente de masser le bas de la cicatrice. Au moment de remonter, elle s'arrête et attend mon accord pour continuer. Je ne peux en supporter plus.

— Ne m'en veux pas, Sam. Je vais faire le reste. OK ?

— D'accord.

Elle pose de la crème sur ma paume. J'évite de la regarder et je masse le haut de la cicatrice. Elle part se laver les mains. J'espère qu'elle ne compte pas faire ça tous les jours. Les nuits sont déjà compliquées.

***

Je n'ai toujours pas osé lui reparler de la voiture. Et elle se garde bien d'aborder le sujet. On a l'après-midi devant nous. Notre relation est différente à présent. Je ne saurais pas exactement expliquer pourquoi. Mais elle est différente. C'est comme si... Oui, c'est ça, on est sur un pied d'égalité. La position dominant/dominé a disparu. Techniquement, j'ai toujours tout pouvoir sur elle. Dans la réalité, elle a pris une place à mes côtés qui me convient. Mais ça implique qu'elle va sûrement refuser de conduire de nouveau. Cela ne sera pas aussi facile que la première fois. Oh ! J'entends le doux son d'une Harley. La seule personne que je connaisse... Je jette un œil par la baie vitrée. Oh, non ! Pas la peine d'attendre qu'elle retire son casque, c'est bien elle. Pourquoi est-ce que tout le monde vient toujours sans prévenir ? Un vrai moulin. La priorité, c'est d'avertir Sam. Direction la cuisine. Elle relève la tête d'un air étonné par mon entrée tonitruante :

— Y'a urgence, Sam. La sœur de Julia arrive.
— Je dois faire quoi ?
— Tu accepterais de ne pas te montrer ?
— Bien sûr. Je vais dans ma chambre.
— Je suis désolée, Sam.
— Y'a pas de problème.

Elle sort et je vois bien que ça l'affecte, mais je n'ai pas le temps de m'occuper d'elle. La sonnette se fait entendre. J'ouvre la porte et elle est devant moi. Alice, dans toute sa splendeur. Grande, mince, blonde, cheveux courts. La mine contrariée, elle qui est toujours de bonne humeur. Hum… elle a dû discuter avec son frère.

— Alex, je dois te parler.
— Bonjour, ma belle. Comment vas-tu ?
— Excuse-moi. Bonjour. Je ne vais pas bien. Je ne comprends pas.
— Tu comprends pas quoi ?
— J'ai vu Gareth.
— Viens, on va s'asseoir. J'imagine bien ce que Gareth t'a dit. Sûrement pas des choses sympathiques.
— Elle est là ? C'est vrai ?
— Oui. C'est vrai.
— Mais Alex… dans la maison de Julia ! Je sais bien qu'elle t'appartient maintenant… mais… je ne comprends pas.
— D'abord, j'ai pas eu le choix. C'était ça ou le juge

arrêtait toute la procédure.

— Tu es sérieuse ?

— Je vais pas te cacher la vérité, Alice. J'ai appris à la connaître et c'est quelqu'un que j'apprécie aujourd'hui.

— …

— Elle a beaucoup souffert de ce qui s'est passé. Et elle n'est toujours pas remise. On partage une douleur qui découle des mêmes évènements.

— Sauf que toi tu n'es pas coupable.

— Elle porte une part de responsabilité, mais elle est une victime également.

— Je ne peux pas admettre ça.

— Tu me connais, Alice. Tu sais ce qu'était Julia pour moi. Notre lien était-il moins fort que le vôtre ?

— … Non.

— Si moi je peux l'accepter, tu le peux aussi. Tu ne dois pas te laisser aveugler par la colère. Et je sais de quoi je parle, crois-moi. Elle a failli me détruire cette colère. Sans Sam, je ne serai plus là aujourd'hui.

— À quoi fais-tu allusion exactement ?

— Tu n'as pas besoin d'explication supplémentaire. Tu as compris.

— Je suis désolée, Alex. Je… J'aurais dû être plus proche de toi. J'ai été égoïste.

— Je me suis isolée. Cela m'était nécessaire. Ne te reproche rien.

Elle se lève et se poste devant la baie vitrée. Ce n'est pas simple pour elle. Mais elle a une bonne nature. Me fâcher avec elle n'est pas une option. Elle se retourne et me regarde indécise.

— Tu la caches ?
— Je ne voulais pas te l'imposer.
— J'aimerais la voir.
— Tu es sûre ?
— Non. Mais si je repars sans l'avoir fait, je devrai revenir, je le sais. Et plus je diffère la confrontation, plus ce sera compliqué.
— Je vais la chercher.
— Attends. Tu lui as dit quoi sur moi ?
— Juste que tu étais la sœur de Julia.
— OK. Alex ? Préviens-la. Je ne suis pas sûre de pouvoir lui parler.

J'espère que je prends la bonne décision. Alice est à la fois sensible et posée. Elle devrait réussir à gérer. Mais si elle se rend compte de la réalité de notre relation, là je crains le pire. Sam n'est pas à l'aise. Je la rassure d'un sourire.

Quand nous arrivons dans le salon, Alice n'a pas bougé. Je la vois pâlir. Nous nous arrêtons à bonne distance. Ses paupières se ferment et elle serre les poings pendant quelques secondes. Puis elle s'avance lentement. Elle ne quitte pas Sam des yeux. Sam affronte son regard. Elles sont maintenant face à face à cinquante centimètres l'une de l'autre. La tension est palpable. Je ne sais pas ce qui va se passer. Je suis sûre qu'Alice n'agressera pas Sam. Pas physiquement.

Elle retourne vers la baie vitrée. Elle joue avec nos nerfs là. Elle fait volte-face brusquement :

— Et donc ? Personne ne m'offre à boire ?

— Tu veux quoi ?

— Un scotch bien tassé ?

— Certainement pas. Ou tu repars pas ce soir.

— Bon. Ta boisson favorite alors.

— OK.

Je me déplace vers le bar. J'apporte les verres et la bouteille. Sam s'y est convertie aussi. Alice scrute Sam avec curiosité, je dirais, plus qu'hostilité. Sam est sur la réserve. Oh, je n'aime pas le regard qu'Alice me jette à cet instant.

— Alex, tu peux nous laisser, s'il te plaît ?

— Je suis pas sûre que ce soit une bonne idée.

— Je suis pas Gareth.

— C'est certain, mais quand même.

— Quoi ? Ta protégée n'est pas capable de se défendre ?

— Sans doute que si. Mais je refuse que ça dégénère, pour elle comme pour toi.

— Je sais me tenir.

Je regarde Sam. Elle me donne son accord. Et merde ! Je n'ai plus le choix. Je ne maîtrise plus la situation.

— Je reste à portée de voix. Au moindre éclat, je reviens.

Je passe dans la cuisine. Je ne devrais pas écouter leur conversation… mais impossible d'attendre sans avoir une idée de ce qui se dit. Alice a pris la parole.

— Je ne vais pas mentir. C'est difficile pour moi de te savoir ici.

— Je comprends.

— Mais j'aime beaucoup Alex et j'ai confiance en son jugement. Si elle t'apprécie, tu dois être quelqu'un de bien.

— Je ne suis pas sûre.

— Hum… Tu n'es pas censée te savonner la planche.

— Je suis juste honnête.

— Je suis au courant que Gareth n'a pas été cool avec toi. C'est mon frère, mais bon, parfois je me demande comment c'est possible.

— …

— Tu ne l'enfonces pas ?

— Je préfère ne pas en parler.

Un silence. J'imagine très bien Alice jauger Sam et cette dernière soutenir son regard. Ça se passe bien pour l'instant. Alice n'est pas hostile. Elle reprend :

— Elle te plaît ?

— Qui ça ?

— Bonne blague. Alex, pardi !

— La question ne se pose pas.

— Bien sûr que si. Tu es homo. J'ai un sixième sens pour ça. Je ne me trompe jamais.

— Je ne le nie pas.

— Et je vois bien aussi qu'elle te plaît. Et je ne sais pas comment je dois prendre ça.

— Vous n'ignorez pas ce qui nous sépare. Vous n'avez pas à vous poser de questions.

— Tu ne m'aimes pas ?

— Pourquoi cette question ?

— Parce que tu me vouvoies.

— Oh, c'est juste que je n'ai pas l'habitude de tutoyer les personnes que je ne connais pas.

— On se connaît maintenant, non ?

— Euh… oui. Pourquoi voulez… Est-ce important ?

— Je fonctionne comme ça. Tu m'aimes ou tu m'aimes pas, y'a pas de demi-mesure.

— Oh ! Je ne peux pas dire que je ne vous… t'aime pas.

— Ça me va. J'ai comme dans l'idée qu'on aura l'occasion de se croiser de nouveau. Alex ?

— Je suis là.

— Je vais voir Julia. Tu viens avec moi ?

— Oui.

— Sam ?

— Oui ?

— Tu… viens aussi ?

— Non. Je vous laisse.

Alice a l'air soulagée. Nous montons sur la colline. Je craignais qu'elle aborde sa conversation avec Sam, mais elle n'en parle pas. Alice ne reste jamais très longtemps là-haut. Nous redescendons.

— Je vais partir. Tu diras au revoir à Sam pour moi ?

— Oui. Je sais que c'est difficile pour toi, Alice. Merci de ta compréhension.

— Tu avais raison.

— Comment ça ?

— C'est une fille bien.

— Comment peux-tu être sûre de ça ?

— Mon sixième sens, tu te rappelles ?

— Oh alors…

— Ne te moque pas !

— Je n'oserais pas !

— Tu m'as manqué, Alex. Si je fais des efforts avec Sam, c'est aussi parce que je souhaite te voir plus souvent.

— La maison t'est ouverte, ma belle. Tu peux dormir là ce soir si tu veux.

— Non. C'est trop tôt. Je vais chez Eileann.

— Ah bon ?

— On s'est beaucoup appelé ces derniers temps. On a discuté. Je devais savoir quand tu rentrais. On a causé de plein de choses. De Julia aussi.

Je ne suis pas certaine que ce soit à mon avantage. Mais je dois savoir.

— OK. Tu as parlé de Sam avec Eileann ?

— Oui. C'est pour ça que je suis venue me rendre compte par moi-même.

— Et ?

— Et quoi ?

— Ton avis, c'est quoi ?

— Je suis pas sûre que tu aies envie de l'entendre.

— Dis toujours.

— Je sais qu'elle ne t'est pas indifférente.

— Comment tu peux dire ça ?

— D'abord, parce que je ne suis pas une oie blanche. Que ça fait deux ans que tu es célibataire. Que ma sœur et toi vous n'étiez pas des saintes de ce point de vue. Ensuite, parce qu'elle est sexy en diable, pile-poil le profil qui vous plaisait. Enfin, parce que je sais qu'elle a touché ton cœur.

— Et tu peux dire ça en moins d'une heure ?

— Oui, je suis douée pour ça.

Elle me défie du regard.

— En outre, je remarque que tu ne nies pas.

— Et ça te fait quoi ?

— Je préfère ne pas trop y réfléchir pour l'instant. Mais si tu choisis vraiment d'être avec elle, je pense que je pourrais gérer.

— Je t'adore, Alice.

— C'est réciproque. Alors, prends bien soin de toi. Il est hors de question que je te perde toi aussi. J'ai promis à Julia de veiller sur toi s'il lui arrivait quelque chose et je ne veux plus manquer à ma parole.

Sa voix se brise sur les derniers mots. Je l'étreins avant qu'elle remette son casque. Elle me fait un signe d'adieu et elle démarre. Je suis fière de ma belle-sœur.

Revenge

17 - Point de non-retour

Sander House.

Je rejoins Sam. Elle est encore un peu inquiète. À propos de ma dernière conversation avec Alice, je suppose. Je ne lui en dirai rien ou presque. Je lui souris. Elle se détend.

— Tout va bien ? Elle est partie ?
— Oui. Elle m'a demandé de te dire au revoir.
— C'est une personne étonnante.
— C'est vrai. Je l'aime beaucoup.
— Je crois que c'est réciproque.
— Elle adorait se joindre à Julia et moi quand on sortait. C'est un peu comme ma sœur cadette.
— Pourtant, tu as pris le risque de la perdre.
— Pas vraiment. Elle a un sens de la justice très aigu. Et Eileann lui avait déjà parlé.
— Je vois. Votre petite communauté est très

soudée.

— C'est vrai. Bon aujourd'hui exceptionnellement tu as le choix.

— Entre quoi et quoi ?

— La piscine ou la voiture.

— …

— Il est temps d'avancer, Sam. Disons que le plus simple serait la conduite puisqu'on a déjà progressé sur le sujet.

— Je ne peux pas entrer dans cette putain de voiture !

— Si tu peux ! Et si c'est pas aujourd'hui, ce sera demain. Alors ?

— … Piscine.

— Sérieux ?

— Tu ne me laisses pas le choix.

— C'est pour ton bien.

— C'est ça.

Elle semble en colère cette fois. Je m'approche d'elle. Elle m'évite et part vers la chambre. Aïe ! J'y suis allé trop fort sans doute. Je la rejoins.

Elle est assise sur le lit. Les yeux dans le vague.

— Sam. Je suis désolée. On fera ça plus tard.

— Prends-moi dans tes bras.

Je suis trop heureuse qu'elle ne soit pas fâchée. Je m'exécute. On reste un moment ainsi puis elle se détache. Elle respire à plein poumon.

— Tu me laisseras pas me noyer ?

— Certainement pas. Qui me ferait la cuisine ?

— Évidemment. C'est un bon argument.

— La vérité, c'est que tu me manquerais trop.

Elle me regarde intensément, mais elle ne dit rien, file dans la salle de bains et en ressort en short et t-shirt avec une serviette sur l'épaule.

— Tu vas m'éviter la noyade en Jean ?

— Tu es sûre que tu veux faire ça aujourd'hui ?

— Oui.

— Mais tu…

— Je t'attends dans la cuisine.

Elle quitte la chambre. La prochaine fois, je m'abstiendrai de la mettre au pied du mur.

Nous voilà assises sur l'escalier de la piscine. Nos jambes sont immergées jusqu'aux genoux. Nos épaules se touchent. Je sens qu'elle frissonne. Pourtant l'eau et l'air sont à bonne température.

— Tu as pied jusqu'aux trois quarts du bassin et on va rester de ce côté-ci. Donc tu ne risques rien.

— Rien d'autre que le ridicule.

— Avec ton caractère, tu aurais peur du ridicule ?

— Peur de ne pas être à la hauteur une fois de plus.

— À la hauteur de quoi ?

— De ton attente.

— J'attends juste que tu fasses de ton mieux. Pour

le cent mètres olympique, je peux te consentir un petit délai.

— Oh ! Tu te moques encore.

— Mais non, ma belle, j'essaie seulement de te détendre. D'accord ?

— D'accord.

— Je vais me mettre devant toi et on va avancer jusqu'à avoir de l'eau aux épaules.

— Euh… si loin ?

— C'est l'objectif. Si tu veux t'arrêter avant, on s'arrête.

Je me positionne devant elle et capte son regard. Je sais que cela lui donne de l'assurance. Elle se lève et commence à avancer. Elle met ses mains dans les miennes. Je marche à reculons au sens propre, elle au figuré. Plus nous nous éloignons du bord, plus elle se rapproche de moi. Quand l'eau nous arrive aux aisselles, elle s'arrête. Je lui souris et l'encourage à se détendre. Je la ramène de quelques pas vers notre point de départ. Puis je lui suggère de plier les genoux pour s'immerger un peu plus. Elle me regarde d'un air offusqué comme si je lui demandais de me décrocher la lune. Mais elle le fait. Plus elle se baisse, plus elle serre fort mes mains. Ses épaules restent dans l'eau un quart de seconde et elle en ressort comme un diable de sa boîte ! Ce faisant, je sens qu'elle glisse et je me rapproche d'elle pour la soutenir. Elle se colle alors à moi et s'accroche de toutes ses forces. Ses jambes se sont enroulées autour de mon bassin.

— Tout va bien, ma belle. Tu as pied et je suis là. Calme-toi.

Sa respiration redevient peu à peu normale tandis que mon rythme cardiaque ne cesse de grimper. Chaque partie de son corps s'emboîte parfaitement contre le mien. Je suis consciente de sa peau sous chacun de mes doigts. Mon esprit imagine mes lèvres se poser sur les siennes. Je sens ses mains sur mon cou et ses bras sur mes épaules. Ma peau brûle sous ses doigts immobiles. Quel est l'abruti qui a inventé les deux pièces ? Le mouvement de l'eau imprime de légers frottements entre nos corps... qui réagissent instantanément. Je dois l'éloigner, mais elle ne semble pas décidée à s'écarter. Elle me tient toujours aussi fort. Je visualise mes doigts parcourant son dos, revenant sur ses épaules, le long de ses bras. Je m'imagine amener sa main à mes lèvres pour un tendre, mais ardent baiser. Je me vois... Oh my god, je ne veux rien voir de plus. Ouvre les yeux. Agis !

Je la rapproche du bord, toujours collée à moi. Elle se détache lentement et son regard me replonge instantanément dans mes plus doux cauchemars. Aucune de nous ne parle. Je récupère nos serviettes et lui tends la sienne en évitant de poser mes yeux sur son corps. Sa main effleure la mienne en prenant le linge. Elle part vers la douche. Je la suis ? Non, je ne la suis pas. Je ne réponds plus de rien. Je vais me rincer dans la salle de bain de la chambre. À mi-chemin, je fais demi-tour. Je ne peux pas la laisser seule. Quand j'arrive, elle est toujours dans la cabine.

— Sam ? Tout va bien ?

— Oui, je sors.

Elle ouvre la porte. Mon regard capte en un instant le grain de sa peau, la brillance de ses cheveux mouillés, bouclés, terriblement sexy, l'harmonie de ses courbes, ses clavicules, sa poitrine… My god ! Je la laisse passer avant d'avoir la tentation de l'emmener avec moi pour une douche… très chaude. Et je place rapidement le mitigeur sur l'eau froide. Glacée même. Je suis mal barrée. Vraiment mal barrée. Je vais attraper une pneumonie. Il vaut mieux que je sorte. Elle n'a pas bougé, elle m'attend. Son regard est inquiet.

— Alex, ça va ? Tu es toute bleue ? Tu es gelée ?

— Non. Je lance la mode schtroumpf.

— Tu vas choper une grippe comme ça. Laisse-moi te réchauffer.

My god ! Elle le fait exprès ? Mon brasier intérieur est rallumé pendant qu'elle me frotte énergiquement avec sa serviette !

— Euh… Merci. Mais tu es en train de m'écorcher vive là.

— Oh désolée !

— C'est pas grave. On rentre ?

Nous regagnons nos quartiers pour nous changer.

Elle, dans la salle de bain, moi, dans la chambre. Julia, si tu as encore une once de sentiment pour moi, fais quelque chose ! Ne me laisse pas seule avec elle cette nuit !

Je ne peux me bercer d'illusions, l'unique solution est le canapé, mais comment le lui expliquer ?

***

Voilà : je n'ai pas trouvé comment lui expliquer mon amour soudain pour le canapé. Elle dort tout contre moi une fois de plus. Je lutte contre la tentation, contre une adorable tentation. Malgré l'épisode de la piscine, j'ai l'impression qu'elle n'éprouve aucun malaise. Elle est juste adorable. Taquine. Joueuse. Flirt léger ou complicité amicale ? Je ne saurais le dire. C'est tout mon problème. Non, ce n'est pas tout. Parce que, même en admettant qu'elle ressente de l'attirance pour moi, je ne peux me résoudre à envisager de la toucher. Quand je me pose la question, inévitablement je vois Julia. Et ça me refroidit direct. Sauf que, dans la piscine…

Résultat des courses : je ne sais pas si je veux, je ne sais pas si je peux, je ne sais pas si je suis capable de le faire, je ne sais pas comment j'assumerais de le faire.

Le pire serait de la rejeter après. Et si c'est elle…

Cette fois, je suis au bout de l'impasse et je ne vois pas de porte. Ne reste que la marche arrière. La laisser partir ? Est-ce la solution ?

C'est bon, j'ai chopé un mal de crâne carabiné. Il faut que je dorme, il fera jour demain. Peut-être qu'il faut simplement que je parle avec elle ? Mais la vérité, c'est que j'ai la frousse de ce qu'elle pourrait me dire. Qu'elle me rejette, c'est une chose, mais qu'elle ne le fasse pas, juste par gratitude, je ne le supporterais pas.

Et le coup de fil de sa mère n'a rien arrangé. Bon OK, j'ai mandaté un cabinet de recrutement pour l'aider à trouver un poste. Mais le job, c'est elle qui l'a décroché, pas moi. Ce n'est pas une raison pour que Sam me regarde comme si j'étais le messie, non ? « Tu es un ange », elle m'a dit. Ça m'a complètement retournée venant d'elle, mais objectivement ce n'est pas justifié.

Plus j'y pense et plus c'est compliqué. Comment je débranche mon cerveau maintenant ? Un somnifère ? J'ai horreur de ça, mais je dois dormir. Je me dégage précautionneusement de ses bras. Elle proteste dans son sommeil. Je me lève et je prends le comprimé. Elle est si belle... Je me recouche et elle se colle à moi de nouveau. Petit cachet, dépêche-toi de faire effet.

***

Pour quelqu'un qui voulait récupérer, j'ai passé une nuit plutôt agitée. J'ai encore le cerveau embrumé par le somnifère. Mais j'ai un souvenir précis de mon rêve.

Tellement précis que j'en rougirais presque. Je me laisse envahir par les images. Elle est collée à moi. Je sens sa poitrine se soulever légèrement. Encore une fois, les boutons de son haut sont suffisamment défaits pour deviner des courbes appétissantes. D'ailleurs, elle ne les ferme plus ces boutons. Ma main quitte son dos et se positionne de son propre chef sur sa hanche. Je reste un instant ainsi à la regarder. Mon esprit commence à flotter. Sa chevelure est blond foncé dans la pénombre. Ses pommettes un peu hautes. Ses lèvres sont tentantes, fines, bien dessinées, légèrement rosées. Je les imagine douces. Oh my god! La séquence s'arrête là. Mais d'autres images se bousculent. Je n'ai pas bougé. Ses cheveux sont maintenant noirs comme le charbon. Sa peau est mate. Ses lèvres pulpeuses, rouge carmin. Je... Ce n'est pas juste l'effet de la pénombre... Je... Mon cœur loupe plusieurs battements... Je... Julia... Je tiens Julia dans mes bras. Je dépose un baiser sur son front, un autre sur un sourcil, un autre sur sa pommette un peu plus haute que d'habitude. Ma bouche dessine la ligne de sa mâchoire. Elle bouge légèrement. Ses cheveux me semblent blonds... mais non, ils sont noirs. J'arrive lentement sur ses lèvres que j'épouse doucement. Elles sont affinées. Tout mon corps s'embrase. Abandonnant toute retenue, mon baiser devient plus exigeant. Elle est réveillée maintenant. Et sa réponse me noue les tripes d'une urgence incontrôlable. Sans interrompre notre échange, je me retrouve à califourchon sur ses cuisses. Mes mains se glissent sous son pyjama et caressent lentement son ventre plat et moins musclé que dans mes souvenirs. Un grognement de frustration lui échappe quand elle se rend compte que je suis coincée et ne peut continuer ma progression. Je souris malgré moi et remonte son haut. Elle se tortille un peu pour m'aider à l'enlever. J'ai, enfin, libre accès aux objets de mon désir. Je reprends sa bouche voracement et effleure ses seins de mes pouces. Ses aréoles réagissent au quart de tour. Le grain de sa peau est différent. Je ne saurais l'expliquer. J'abandonne ses lèvres pour allumer un sillon de feu de son menton à la naissance de sa clavicule gauche. Je la mords suffisamment pour imprimer la trace de mes dents, mais sans lui faire réellement mal, comme chaque fois qu'on se retrouve : ma marque de propriétaire. Plus tard, elle apposera la sienne. Mon geste génère un sursaut. Tu as oublié, ma belle ? Je ne lui laisse pas le temps de quoi que ce soit et un nouveau sillon de feu atteint la naissance de son sein gauche. Ma langue en fait le tour. Elle se cambre en gémissant. Son sein droit subit le même sort. Une de ses mains se pose sur ma nuque pour accentuer la pression. Je me libère et maintiens ses poignets au-dessus de sa tête. D'habitude, elle me surpasse et je me retrouve sous elle. Pas cette fois. Sa poitrine se soulève de façon saccadée. Elle me laisse faire. J'aspire son aréole et l'agace consciencieusement. J'adore l'amener au bord du gouffre. J'ai lâché ses poignets pour descendre plus bas. Vraiment plus bas. Je veux te goûter, ma belle. Je fais glisser son pantalon de pyjama. Elle relève son bassin. Sans pudeur, elle s'expose à ma vue. Oh my god ! Je ne résiste pas et plonge dans le doux abysse. Elle est au bord de la rupture, je le sais, je le sens. Je retarde l'explosion en revenant effleurer ses côtes. Elle proteste. Je redescends. Lentement. Je désire sa jouissance, mais je ne veux pas que ça s'arrête comme si la nuit m'attendait au bout du tunnel. Elle m'encourage par ses gestes, ses murmures. Je ne peux résister et accélère mes douces tortures. Elle s'agrippe à moi et je ressens chacun des mouvements désordonnés de son corps. J'avais oublié à quel point c'est enivrant. Ses muscles se relâchent. Je m'étends à côté d'elle. Elle vient contre moi. Sa main se pose avec hésitation sur mon sein. Elle ne bouge plus. La torpeur m'envahit. Fin de la séquence.

Putain de rêve. Julia me manque vraiment. Tout est remonté à la surface. Son corps, ses réactions, mes réactions. Et pourtant… C'était différent. Je sens que des détails m'échappent. Ce somnifère m'embrume toujours le cerveau. Je n'aime pas ça. Quand même pour un rêve, c'était vachement précis… et cohérent. Un doute m'assaille brutalement. Je n'ai pas… Non… Je ne peux pas l'avoir fait ! Du calme, pas de panique. Des cheveux blonds, des lèvres fines. Non, non, non. Elle ne m'aurait pas laissé faire. Ce n'est pas possible. Ça n'a pas pu arriver parce que c'est juste pas possible. J'ai fait l'amour avec Julia cette nuit et avec personne d'autre. Un bon café me remettra les idées en place. Euh… Je vais pouvoir la regarder en face ? Ben, elle ne sait pas que j'ai rêvé de ma femme, donc y'a pas de malaise.

***

J'arrive dans la cuisine. Pourquoi je flippe ? Elle ne peut pas lire dans mon esprit. Elle m'entend et tourne la tête vers moi. Elle me sourit. Comment dire… chaleureusement, mais avec retenue ? Je ne vois pas d'autre moyen d'exprimer ce qu'elle me renvoie.

— Bonjour. Café ?

— Merci.

— Ça va ?

— Oui et toi ?

— Ça va bien.

— Tout va bien ?

— Oui, pourquoi ?

— Non rien.

Son regard est interrogateur. J'essaie de lui faire passer toute la sérénité que je n'ai pas. Elle m'amène ma tasse et elle s'assied en face comme tous les matins. La caféine commence à couler dans mes veines. Je reprends de l'assurance. Elle est radieuse ce matin. Le cuivre de ses cheveux est avivé par un rayon de soleil. Un rayon de lune s'est posé cette nuit sur des cheveux noirs... qui sont devenus blonds. Je divague. La couleur de ses lèvres est légèrement plus marquée que d'habitude. Cela est sans doute dû au foulard rouge sombre qu'elle s'est enroulé autour du cou. Je croise son regard... troublé. Elle quitte sa chaise et va à l'évier. Pour... Une seconde ! Elle ne porte jamais de foulard. Un froid glacial m'envahit. Un doute laboure mes entrailles. Ce n'est pas possible. Je ne peux pas... Je me lève brusquement et la rejoins. Elle s'est retournée et a croisé ses bras sur sa poitrine. Ses yeux m'évitent consciencieusement. Je n'aime pas ça. Mon Dieu, je n'aime pas ça. Je n'ai pas le choix. Quand ma main touche son foulard, elle m'arrête.

— J'ai froid ce matin.

Mon regard devient coupant comme l'acier. Elle ferme les yeux et lâche mon poignet. J'écarte lentement, très lentement l'étoffe. Et je les vois… des traces de dents… de mes dents ! Je me recule, horrifiée, sous le choc. Je sens un impact violent dans mon dos. Le bar a arrêté ma progression. Je la regarde un moment. Elle ne dit rien. J'explose :

— Pourquoi ? Pourquoi tu m'as laissé te faire ça ?
— …
— Réponds-moi. J'y crois pas. Pourquoi tu m'as laissé te violer ?
— Ce n'était pas un viol.
— Ah non ? Et c'était quoi alors ?
— Ce n'était pas un viol.
— Comment tu peux dire une chose pareille ?

Elle ouvre la bouche, mais rien ne sort. Je suis désespérée. Le pire du pire est arrivé. Elle m'a laissé faire par pitié, par gratitude ou pour je ne sais quelle connerie. Je ne me le pardonnerai jamais. Je n'ai pas su la protéger.

La nausée me submerge et le café refait le trajet inverse pour finir dans l'évier. Alors que je m'essuie la bouche, elle s'approche de moi.

— Regarde-moi, Alex.
— Je ne peux pas.
— Regarde-moi, Alex, s'il te plaît.

Comment affronter son regard ? Comment voir son visage innocent ? Et supporter les images de cette nuit qui défilent dans ma tête ? Elle me prend par les épaules et me tourne doucement.

— Tu ne m'as pas violée, Alex.
— N'essaie pas de me dédouaner. Comment tu as pu me laisser faire une chose pareille ?
— Parce que j'en avais envie autant que toi.

Je la regarde incrédule. Non, je ne peux pas croire ça.

— Et parce que je savais que je n'aurais jamais rien d'autre de toi. C'est moi qui ai abusé de toi. Moi j'étais parfaitement réveillée.
— Et qui te dit que je ne l'étais pas ?
— Tu m'as appelée Julia.

Elle retient ses larmes. Je suis en dessous de tout. Je n'ai rien vu de ce qu'elle attendait. Et je ne lui rien donné, rien d'autre que des miettes. Je suis en dessous de tout.

— Je vais travailler. L'incident est clos en ce qui me concerne. Je comprendrais que tu m'en veuilles, Alex. Mais j'aimerais que cela ne soit pas le cas.

Je ne sais pas. Je ne sais plus. La colline. Maintenant.

***

Une fois de plus, je reviens vers toi, Julia. Pourquoi m'as-tu abandonnée ? J'ai tant besoin de toi. De tes bras. De ton soutien. De ta présence simplement. Je ne peux pas me détacher de toi. Mais tu n'es plus là !

— Bien sûr que si. Dans ton esprit, dans ton cœur. Chaque fois que tu as besoin de moi, je suis là… même cette nuit !

— J'ai honte.

— Y'a vraiment pas de quoi.

— Comment j'ai pu la confondre avec toi ?

— Ma belle, tu savais que ce n'était pas moi.

— Tu peux pas dire ça.

— Bien sûr que si puisque c'est la vérité. Tous les détails, tu les as perçus. Simplement, tu as refusé d'en tenir compte.

— Juste pour baiser ? Super !

— Ne sois pas vulgaire. Ça ne te va pas.

— Mais comment veux-tu que je le prenne ? Elle ne mérite pas ça. Je t'ai trahie et je n'ai pas su la protéger.

— Tu n'as rien trahi du tout. Je suis ton passé maintenant. Et il est hors de question que tu te serves de moi pour refuser d'avancer.

— …

— Je te connais. Si tu n'avais pas eu des sentiments pour elle, tu ne l'aurais pas touchée.

— N'importe quoi !

— Tu lui en as fait baver depuis qu'elle est là. Il

serait peut-être temps de l'accepter pour ce qu'elle est.

— C'est-à-dire ?

— Une jeune femme charmante qui est amoureuse de toi.

— C'est pas possible. Elle est pas amoureuse. Et c'est elle qui t'a tué.

J'ai sorti en vrac tous mes arguments, comme une ultime tentative d'éviter ce que je n'arrive pas à accepter.

— Non, elle ne m'a pas tuée et, crois-moi, je ne parle pas à la légère. Ensuite, tu sais et depuis un certain temps qu'elle est amoureuse. Et à vrai dire, consciemment ou pas, tu as tout fait pour qu'elle le soit.

— De toute façon, maintenant, elle ne peut que me détester.

— Oh, j'ai pourtant pas eu l'impression que tu avais perdu la main !

— T'es bête. Je l'ai appelée Julia quand … Elle…

— Bien. J'irai m'excuser auprès d'elle pour avoir fait irruption dans ta tête au mauvais moment. Je suis sûre qu'elle m'en voudra pas. Elle me fera juste promettre de pas recommencer.

— Et comment je peux éviter de penser à toi dans ces moments-là ?

— En me laissant partir, ma belle.

Comme si c'était si simple.

***

Alors que je redescends de la colline, je remarque Sam qui me regarde à travers la baie vitrée. Que vais-je lui dire ? Comment va se passer la journée ? Qu'attend-elle de moi ? J'ai n'ai qu'une envie : me recoucher et oublier tout ça. Un bon somnifère... Ah non ! Vu l'effet que ça me fait, il vaut mieux éviter ! En tout cas, ce soir je dors dans le salon. Elle ouvre la porte avant moi. Elle est inquiète et prend la parole :

— Comment vas-tu ?
— Ça va. Et toi ?
— Moi je vais bien. Mais je sais que c'est pas ton cas.
— Je préfère ne pas revenir là-dessus.
— Pas moi. Je souhaite qu'on mette les choses à plat cette fois.
— Tu crois que c'est vraiment le moment ?
— Oui.

Je vais dans la cuisine. Je me refais un café. Elle est restée dans le salon. Elle veut parler. Mais de quoi ? Qu'y a-t-il de plus à dire ? Que j'ai la tête en vrac ? Elle veut parler. Je vais l'écouter.

— De quoi veux-tu parler ?
— De cette nuit.
— Que veux-tu que je te dise ?
— Ce que tu ressens.
— C'est le bordel dans ma tête.

— Hum… Je comprends. Je suis désolée. Je me rends compte que la déception est difficile à accepter.

— Quelle déception ?

— Que ça n'ait été que moi.

— Je… Je savais que c'était toi, Sam.

— Tu quoi ?

— Je ne voulais pas l'admettre, mais je le savais. Tu… ton corps est différent de celui de Julia. Je ne pouvais pas passer à côté de ça. Et puis… Julia aurait réagi autrement.

— Oh… Je vois.

Sa voix a changé sur la dernière phrase. Elle ne me fait plus face. Je me rapproche d'elle et je relève son menton pour capter à nouveau son regard. Ses yeux brillent quand elle murmure :

— Je suis désolée de ne pas être à la hauteur.

— Qui a dit ça ?

— Je ne suis pas idiote.

— Je me suis mal exprimée, ma belle. C'était différent. Mais si je m'écoutais, je recommencerais dans l'instant.

— Et pourquoi tu ne t'écoutes pas ?

— Parce que je ne maîtrise rien. Je ne sais pas où je vais. Je ne sais pas où je veux aller.

— Dommage.

— Pourquoi ?

— Parce que moi je sais exactement où je veux aller.

— Où ça ?

— Là où tu seras à moi. Totalement, entièrement. Avec nos passés comme bagages. Là où je pourrais prendre soin de toi, te rendre au centuple tout ce que tu m'as donné. Là où je pourrais t'aimer simplement. Là où tu t'abandonneras à moi sans regret, sans remords. Juste pour vivre une belle histoire.

Je ne sais plus quoi dire. Je la prends dans mes bras et dépose un baiser dans ses cheveux. Elle me serre très fort contre elle.

— Laisse-nous une chance, Alex. Avec tout ce qu'on a traversé ensemble, je pense qu'on a droit à une chance, non ?
— Je… Je ne peux pas te répondre maintenant. J'ai besoin de réfléchir. Mais… personne d'autre que toi n'aurait pu m'amener à songer à ce genre de chose.

Son regard se fait intense et accroche mes lèvres. Elle se rapproche lentement et se stoppe à quelques millimètres de celles-ci. Je sais qu'elle attend que je comble l'espace. Je ne le fais pas. Elle dépose alors un baiser sur ma joue. Son sourire est triste. Quand donc arrêterai-je de la faire souffrir ?

18 - Évidence

Sander House.

Je me suis isolée toute la journée. J'ai beau tout retourner dans ma tête dans tous les sens, la vérité c'est que je ne suis pas prête à avoir une autre relation. Julia est toujours présente, son absence est toujours présente dans chaque instant de la journée et de la nuit. Sam a pris de la place ces derniers temps, je ne le nie pas. Mais je ne suis pas encore capable de lui donner ce qu'elle veut, ce qu'elle mérite. J'ai besoin de me ressourcer. Seule. J'ai tout fait pour éviter cette conclusion, mais elle s'impose à moi. Elle me déchire. Mais elle s'impose.

En même temps, je ne peux pas juste la rejeter comme ça. À cause de moi, sa vie s'est arrêtée. Elle ne pourra pas en reprendre simplement le cours. Je dois l'aider à construire son avenir. Elle a de grandes capacités, je dois lui donner les moyens de les exploiter. Il faut que je lui parle.

— Sam, on peut discuter deux secondes ?

— Déjà ? C'est plutôt mauvais signe, je dirais.

— J'ai beaucoup réfléchi. Et la vérité c'est que je ne suis pas prête à avoir une nouvelle relation. Tu n'es pas en cause. Mais c'est juste… que j'ai besoin de temps.

— Et après ?

— Pour être honnête, je ne peux rien te promettre.

— Je vois.

Son regard s'est porté vers la mer. J'ai envie de la prendre dans mes bras, mais j'ai peur qu'elle me rejette.

— Je sais que c'est pas ce que tu voulais entendre.

— Combien de temps ?

— Je sais pas.

Elle se retourne brusquement. Ses traits sont tendus.

— Tu veux que je parte, c'est ça ?

— Je souhaite que tu reprennes ta vie là où elle s'est arrêtée.

De l'incompréhension, de la douleur, de la tristesse, c'est ce qu'elle me renvoie. Mon cœur saigne pour elle et pour moi, mais je ne dois pas céder.

— Je vais faire ma valise.

— Attends.

— Quoi ? Tu vas changer d'avis d'ici à demain matin ?

— Non. Mais tu as l'air de penser que je te rejette et c'est pas le cas.

— Oh ? Vraiment ? Pourtant, ça y ressemble bien.

— Je veux juste t'aider à reprendre ta vie, à te construire un avenir.

— Je ne supporterai pas ta pitié et je n'ai pas besoin de ton argent.

— Attends.

— Encore ?

— Ne détruis pas tout.

— Ne l'as-tu pas déjà fait ?

— Non.

— Alors, dis-moi ce que tu ne me dis pas. Dis-moi pourquoi je devrais penser que ce n'est pas un adieu. Dis-moi ce qu'il y a dans ton cœur.

— Il y a Julia... et il y a toi.

— ...

— J'ai besoin de temps pour laisser partir Julia et te donner la place qui te revient de droit. Je ne veux pas d'une demi-histoire avec des malentendus. J'aimerais pouvoir être tout à toi... un jour.

Elle me regarde hésitante. Je ne l'ai pas convaincue, mais j'ai gagné un peu de temps. Je ne suis pas prête à ce qu'elle parte aussi brutalement.

— Écoute. En admettant qu'on ait un avenir ensemble, je veux que ce soit sur un pied d'égalité. Que tu puisses t'intégrer et prendre pleinement ta place dans la vie que je mène. Tu en as eu un aperçu ici. Et j'ai eu le sentiment que ça te plaisait. Tu ne peux pas te contenter d'être simplement une exécutante. Tu as les capacités pour faire mieux que ça.

— J'ai l'impression que tu tiens juste à te donner bonne conscience.

— C'est pas le cas. Mais dans l'hypothèse où je ne pourrais assumer la situation, je veux être sûre que tu pourras faire ta vie correctement.

— Pas très rassurant comme discours.

— Je n'ai pas l'intention de te mentir.

— Je pars quand alors ?

— Le temps d'organiser les choses, disons une semaine ?

— J'y mets une condition.

— Laquelle ?

— Tu continues à dormir avec moi.

— Sam !

— C'est pas négociable.

— Je savais que tu ferais une redoutable femme d'affaires. Je pensais que ce serait à mon avantage, pas à mes dépens.

— On est d'accord ?

— C'est pas jouer avec le feu, ça ?

— Je n'ai pas peur de me brûler. Tu promets ?

— Je promets.

Rien que pour son sourire pur et sincère, je pourrais décrocher la lune. Finalement, je ne m'en sors pas trop mal, non ?

***

Sept jours : la fin de notre semaine de sursis. C'est long. C'est trop court. Elle part aujourd'hui. Je pourrais la retenir. J'en ai terriblement envie, mais je sais que je ne dois pas le faire. Pour que ces sept jours deviennent une vie. J'ai encore du mal à croire que ce soit possible. Pourtant ça l'a été pendant une semaine. Sept petits jours apaisants, où nous avons scellé une parfaite complicité. Jusque dans nos nuits. Elle m'a demandé de lui faire confiance et de dormir. Elle m'a promis qu'elle m'arrêterait si par hasard... Nous avons commencé la première loin l'une de l'autre. Je me suis réveillée dans ses bras. Ce fut à la fois une torture et un réconfort pendant ces sept nuits tout contre elle. Mais le désir brut a laissé la place à un sentiment plus profond.

L'hélico est prévu pour midi. Nous sommes collées l'une à l'autre depuis ce matin. À ne rien faire. Juste profiter de cette présence qui nous manque déjà. Je ne veux pas imaginer son absence. Sa valise est prête. Elle fait front. Elle me cache sa tristesse. Il me reste une dernière chose à faire avant qu'elle parte :

— J'aimerais t'emmener dans un endroit que tu ne connais pas.

— Je te suis. Au bout du monde, je te suivrais.

Je souris. C'est bien au bout du monde que je la conduis. Au bout de mon monde. Quand elle prend conscience de la direction que nous prenons, elle fronce les sourcils. Au pied de la colline, elle s'arrête.

— Tu es sûre ?
— Oui. Il est temps.

Ma main rejoint la sienne. Nos doigts s'enlacent naturellement. Nous arrivons devant la tombe de Julia.

— Sur cette tombe, Sam, je te donne ma parole que je ne t'en veux plus. Que je t'ai pardonné, quoi que tu aies fait. Tout cela appartient au passé et ne se mettra plus jamais entre nous. Mais pour cela, il faut que tu te pardonnes aussi.

Elle me serre très fort. Son émotion est palpable.

— Il faut que je te dise autre chose : Julia t'aime bien, je crois. Elle a souvent pris ton parti contre moi.
— Merci, Julia.

Sa voix ne fut qu'un murmure. Nous sommes restées là un moment. Un moment unique de partage, de douceur, d'apaisement. Puis nous avons entendu l'hélico.

***

J'ai horreur des adieux. Et de ceux-là en particulier. Nous sommes devant l'hélico qu'elle va prendre sans moi. Comment puis-je accepter son départ ?

— Carla t'attend à l'aéroport. Elle s'occupera de t'installer dans ta nouvelle vie.

— Elle va penser que je me laisse entretenir.

— Elle est au courant que la fondation te paie tes études pour t'embaucher ensuite, si tu le souhaites.

— Tu vas m'oublier ?

— Tu sais bien que non.

— J'ai peur que tu te trouves plein de mauvaises raisons pour…

— On en a déjà parlé, Sam.

— C'est vrai. Je veux juste que tu sois persuadée que je t'attendrai. Je veux que tu me le jures : quand tu auras envie de partager ta vie avec moi, tu n'hésiteras pas. Dans une semaine, dans un mois, dans un an, dans dix ans, je serai là pour toi.

Elle pose ses lèvres sur les miennes pour sceller son engagement. Son chaste baiser nous enflamme et nous ne pouvons résister. À bout de souffle, elle rive ses yeux aux miens et réitère sa demande.

— Promets-moi.

— Je promets.

Elle se détache avec brusquerie et s'engouffre dans l'hélico. Je le regarde s'éloigner. Et j'ai l'impression d'avoir deux gouffres devant moi maintenant. Deux absences, au lieu d'une.

***

Trente-quatre jours. De solitude, d'absence, de déprime. Enfin pas exactement. Parce que dans la première semaine, tout le monde a défilé pour savoir pourquoi j'avais laissé partir Sam. Même Alice. J'ai eu droit à des airs effarés, désespérés, des engueulades. Surtout Alice, les engueulades. J'ai fermé ma porte. Personne ne peut ressentir ce que je ressens, personne ne peut me dicter ma conduite. L'absence de Sam m'a fait tellement mal. J'ai eu l'impression de la perdre aussi. Ses bras me manquent. Mes nuits sont froides et inhospitalières. Évoquer Julia ne me permet même plus d'oublier la douleur. La vérité, c'est que j'ai replongé dans le néant.

Je songe à ma promesse parfois. Julia et l'accident ne sont plus entre nous. J'ai accepté ce qui s'est passé, son vrai rôle dans cette tragédie. Un accident est toujours un enchaînement de causes. Elle a été un maillon de cette chaîne. Mais si un seul des autres maillons avait agi différemment, notre vie n'aurait pas basculé ce jour-là.

Reste qu'aujourd'hui, qu'ai-je à lui offrir? Une femme blessée? Incapable de prendre son existence en main? Je délaisse même la fondation. Elle a retrouvé une certaine normalité dans son quotidien. Avec de nouvelles amies sans doute. Je ne doute pas qu'elle ait fait quelques conquêtes sans même le chercher. Elle reconstruit sa vie. Elle n'a plus besoin de moi. Vivre seule semble être mon destin.

J'entends un hélico au loin. C'est un bruit que je ne

supporte plus. Il se pose chez moi. Encore un intrus ? Je connais ce mec. Harlan, le second de Brooks. Que vient-il faire ici ?

— Bonjour, Alex. Tu vas bien ?

— Salut ! J'ai dit à ton patron que je ne voulais plus rien avoir à faire avec lui.

— Il n'est plus mon patron.

— C'est son hélico, Harlan.

— Non, c'est le mien désormais. Je suis le patron. Tu m'invites pour le café ?

Il a toujours été doué pour capter l'attention. Je le laisse entrer et nous sers.

— Je vais pas y aller par quatre chemins. Tu dois savoir ce que j'ai appris. Mais je ne pouvais pas te le dire au téléphone.

— Je suis tout ouïe, c'est bon.

— Brooks a été assassiné. J'ai pris sa place.

— Félicitations.

— J'ai trouvé des documents dans ses archives.

— Et ?

— …

— Tu es venu pour ça. Alors, crache le morceau.

— Avant je veux que tu saches que j'ai tout détruit. Tu n'auras que ma parole.

— J'ai confiance en toi.

— L'accident de Julia, ce n'était pas un accident.

— Quoi ?

— C'était un assassinat commandité par Brooks.

— C'était un accident de la circulation et je connais les protagonistes de l'accident. C'est pas possible.

— Sauf que les feux de signalisation ont été trafiqués.

— T'es pas sérieux ?

— Si.

— Elle a dit que son feu était vert et personne ne l'a prise au sérieux.

— C'est un commando Delta qui s'est occupé du truc. Y'avait aucune trace. Il fallait vraiment que ça ait l'air d'un accident. Ils ont piégé plusieurs carrefours que vous aviez l'habitude d'emprunter. Ils ont attendu plusieurs jours qu'un véhicule se présente dans le bon timing et à la bonne vitesse. Et ils ont déclenché.

— Un hasard ? C'était un putain de hasard ?

— Pour la deuxième voiture, oui. Je suis désolé, mais je pense que tu devais le savoir.

— Merci, Harlan. Si tu as besoin de quoi que ce soit, n'hésite pas.

Il est reparti aussi vite qu'il est arrivé.

***

Il est parti depuis au moins deux heures. J'ai commencé par laisser exploser ma rage, ma haine de ce salopard. J'aurais dû l'étriper alors que je l'avais sous la main. Quand je pense qu'il est venu ici, sans vergogne, qu'il nous a mises en danger pour ses petites magouilles. Quand je pense avec quel cynisme il a traité Sam, en sachant que sa situation était son œuvre !

Et Sam ? Comment le lui dire ? Comment je… Et pourtant, elle doit connaître la vérité et comprendre qu'elle n'est pas responsable. Qu'elle est, réellement, une victime collatérale. Je pourrais charger Carla de le lui annoncer. D'un autre côté, cela me donne une bonne excuse pour la voir. Pour m'assurer qu'elle va bien. Juste m'assurer qu'elle va bien.

Il faut que je prévienne Alice. Elle a le droit de savoir que sa sœur a été assassinée. Mais je ne peux pas lui annoncer ça par téléphone. Je vais lui demander de venir. Quelques instants plus tard, nous convenons qu'elle sera là pour le dîner avec Eileann. Décidément, elles passent beaucoup de temps ensemble, j'ai l'impression. Enfin bref, j'ai juste quelques dizaines de minutes pour prendre une douche et me changer avant de les recevoir. Je sors également de quoi faire un repas correct.

La soirée se déroule super bien, mais j'ai le sentiment qu'elles sont plus tendues qu'elles ne devraient être. Je sais pourquoi je le suis, mais pourquoi le sont-elles ? Elles échangent souvent un regard… bizarre.

— Bon, les filles, vous lâchez le morceau ?

— Je vois pas de quoi tu veux parler.

— Allons donc. Je capte très bien que tu n'es pas à l'aise, Eileann. Et Alice se mord les lèvres depuis le début de la soirée.

— Elle a raison, Eileann ! Je n'en peux plus de ne rien dire, moi.

— Alice !

— C'est quoi le problème ?

Eileann se positionne en arrière de sa chaise, les bras croisés sur sa poitrine, visiblement contrariée et inquiète. C'est Alice qui prend les choses en main :

— Ce n'est pas un problème. Sauf si tu décides d'en faire un.
— C'est pas dans mes habitudes. Je t'écoute.
— Eileann et moi, nous sommes ensemble.
— Ensemble ?
— En couple, quoi.
— Oh…
— Oh ?

Je regarde Eileann. Elle est vraiment crispée. Je lui souris sincèrement. Je me précipite dans la cuisine et je reviens avec une bouteille de champagne.

— On va fêter ça, les filles !
— Tu vois, ma chérie, je t'avais dit que tout se passerait bien.
— Tu es sûre que cela ne te pose pas de problème ?
— Et pourquoi cela m'en poserait ? Je vous aime beaucoup toutes les deux. C'est super ! À vous deux ! C'est pour quand le mariage ?
— Oh là ! Je suis pas comme ma sœur, hein ! On va prendre le temps de bien se connaître, de voyager. Et tout ça, tout ça…
— Tout ça, tout ça ? Rien que ça ? Et tu vas laisser le bar, Eileann ?

— Oui. Shaun dirigera. Je surveillerai de loin.

— Je suis vraiment contente pour vous deux. Enfin une bonne nouvelle !

— Au fait… Tu nous as fait venir pour quoi ?

Bien, ça va être mon tour de prendre mon courage à deux mains :

— Hum… C'est beaucoup moins réjouissant.

— C'est-à-dire ?

— J'ai appris que Julia a été assassinée.

— Mais l'accident ?

— Provoqué. Je peux pas rentrer dans les détails, mais j'ai pensé que vous deviez être au courant.

— Ma sœur assassinée ? C'est dur à avaler, mais d'un autre côté… c'est plus la faute à pas de chance ou à Sam.

— Ouais, on peut le voir comme ça.

— Et Sam, comment elle digère la chose ?

— Elle ne sait pas encore.

— Quoi ? Tu attends quoi ? C'est quand même la première intéressée, non ?

— Certes, mais bon…

— Mais bon quoi ?

— Je vais prévenir Carla.

— N'importe quoi ! Tu vas aller lui annoncer la nouvelle toi-même, oui !

— Enfin, Alice ! C'est pas aussi simple. Je peux pas juste débarquer comme ça.

Pourquoi ça semble toujours si évident pour les

autres ?

— Pourquoi ?

— Si j'y vais, elle risque de vouloir plus.

— Plus ? C'est-à-dire ?

— Que je me décide à…

— À ?

— À…

— Arrête de tourner autour du pot. Elle t'attend et tu le sais. Et moi, à sa place, je n'aurais pas été aussi patiente et je serai revenue te botter les fesses depuis longtemps.

— Justement, si elle est pas venue, c'est sans doute qu'elle a trouvé mieux.

— Alex, ma parole, tu veux que je me fâche ?

— Non. J'ai pas trop envie.

— OK. Alors, écoute. Je suis sûre qu'elle t'attend. Et cela n'a été que trop long. De toute façon, tu lui dois la vérité. Cela te fait une bonne excuse pour te pointer. Tu y vas ?

— Je vais y réfléchir.

— Réfléchis vite. Parce que sinon, je t'y amène par la peau des fesses !

— Eileann, tu pourrais me défendre ?

— Contre ma femme ? N'y compte pas.

Je rends les armes. La soirée se termine dans la joie et la bonne humeur. Alice s'arrange pour me laisser seule avec Eileann avant de partir :

— Alex, je ne voudrais pas que tu imagines que je

suis avec Alice par défaut.

— Pourquoi je penserais ça ?

— À cause de ce que je ressentais pour toi par exemple ?

— Allons, Eileann, je te connais. Tu ne t'engages pas à la légère et Alice est tout sauf une fille de passage. Elle est ton amie avant d'être ta petite amie.

— Pas tout à fait.

— Comment ça ?

— Elle est la femme que j'aime avant d'être mon amie.

Son sourire ne laisse aucun doute sur son bonheur actuel. Voilà qui me fait du bien aussi. Voir des gens heureux, qui plus est des personnes que j'aime, a toujours été une source de joie et d'énergie. Alice revient et l'embrasse fougueusement. Je la soupçonne de nous avoir entendues !

Après leur départ, je repense à la conversation. Alice a de bons arguments. Un courant d'adrénaline inonde mes veines. En deux temps, trois mouvements, tout est organisé. Ma valise est prête. Je décolle demain avant de laisser le doute reprendre sa place.

***

C'est l'instant de vérité. Je suis devant son école et je l'attends adossée contre la voiture. Le flux des étudiants se tarit, l'ai-je loupée ? Je suis sûre que non. Elle a dû s'attarder un peu. Un reflet cuivré attire mon attention dans le fond de la cour. Elle est là, avec deux autres filles. Elle en tient une par le bras. Mon humeur s'assombrit. Je n'en ai pas le droit, mais c'est la réalité. Elles avancent vers la sortie en palabrant. Discussion joyeuse et animée. Elle rayonne. Alors qu'elle passe le portail, elle jette un œil circulaire et m'aperçoit. Arrêt sur image. Elle semble pétrifiée, elle ne rit plus. Son regard est intense même à cette distance. Ses amies me scrutent également maintenant. Je ne bouge pas. Si elle ne veut pas me voir, elle en a le droit.

Elle a rapidement dit au revoir à ses collègues et se dirige vers moi. Quand elle arrive à ma hauteur, son regard ne m'a toujours pas quitté. Elle s'arrête à distance « sociale ».

— Cette fois, c'est bien toi.
— Cette fois ?
— J'ai cru te repérer ici des centaines de fois.
— Hum… J'ai droit à un bonjour ?

Sur le ton de l'humour, mais la question se pose quand même. Son regard pétille et elle plante un bisou sur ma joue. Elle éclate de rire à la vue de ma mine déconfite.

— Fais pas cette tête-là. Je t'invite à dîner.

***

Une fois dans son studio, nous reprenons les bonnes habitudes. Ce n'est pas la même cuisine, mais elle bosse et je supervise. De temps en temps, elle me donne une tâche simple. Elle me tient au courant de ses études. J'apprends qu'elle s'éclate, mais la fille n'est pas évoquée. Sam évite les contacts. Je n'aime pas ça, mais elle semble heureuse : c'est l'essentiel. Pendant que le dîner mijote, nous passons au salon.

Elle m'invite à m'asseoir sur le canapé à côté d'elle et oriente la conversation :

— Parle-moi de toi maintenant.
— Que veux-tu savoir ?
— Comment tu vas ?
— Je vais.

Elle me regarde perplexe. Par où commencer ?

— J'ai quelque chose à te dire.

Elle se recule et se crispe tout en essayant de faire bonne figure.

— Je t'écoute.
— Brooks est mort. J'ai appris que Julia avait été assassinée et qu'il en était le commanditaire. Tu avais raison : le feu était bien au vert.
— Et ?
— Et je pensais que c'était important que tu le saches.
— Tu t'es déplacée juste pour ça ?
— Juste ? Tu te rends compte de ce que ça veut dire ?

— Oh oui, je me rends compte! Je me rends compte que tu n'es pas venue pour nous.

Elle se lève brusquement et se positionne devant la fenêtre. Je m'approche d'elle et l'enlace. Elle résiste un peu.

— Calme-toi, ma belle.

Elle se retourne et se blottit dans mes bras. Enfin.

— Tu vas repartir?
— Je sais pas. Y'a beaucoup d'inconnues.
— Du genre?
— Tu es libre?
— Quelle question! Tu veux que je me fâche encore?
— Non. Mais tu n'étais pas seule tout à l'heure.
— Juste des amies.
— Très proches.
— Juste proches. Tu es jalouse?
— Pas du tout!

À nouveau complices, nous rions de ma mauvaise foi.

— Pourquoi es-tu là, Alex?
— La vérité c'est que je ne supporte plus ton absence.
— Et... Julia?
— Julia, c'est mon passé.

— Et moi je suis quoi ?

— Ce que tu voudras être.

Elle me regarde sans avoir l'air d'y croire. Je vais devoir la convaincre. Vu que je ne suis pas très douée avec les mots...

Je pose le bout de mes doigts sur sa joue. Elle incline la tête pour augmenter l'intensité du contact. Je caresse ses lèvres de mon pouce. Ma main passe sur sa nuque et je l'attire à moi. Pour un baiser, le premier que nous échangeons consciemment, volontairement, en toute connaissance de cause. Un baiser doux, tendre, sensuel. Je ne pense plus à rien. À rien d'autre qu'elle. À sa douceur, à sa fragilité. Elle m'embrase. Taquine et joueuse, exigeante et... en pleurs !

— Oh là, ma belle !

— Désolée. C'est l'émotion.

— Tu sais que tu es en train de ruiner ma réputation ?

— Quelle réputation ?

— Celle de faire rire les filles !

— Oh. Je vois.

— Tu vois quoi exactement ?

— Que tu as des techniques de drague très au point.

— Jalouse ?

— Pas du tout ! Mais je suis pas partageuse.

— Moi non plus.

Son regard intense me transperce. Ses mains

s'insinuent sous ma chemise. Elles effleurent mon dos lentement. J'ai du mal à respirer alors que je me perds dans ses prunelles incendiaires. Chaque grain de ma peau déclenche un feu d'artifice sous ses doigts. Je n'ose pas la toucher. Je risque de ne rien maîtriser. Tentatrice, sa voix rauque résonne en moi comme un appel :

— Tu n'as pas envie ?
— Je rêve de te plaquer contre le mur et…
— Et ?
— Le dîner va brûler, ma belle.
— Je le crois pas : tu te défiles comme ça ?
— La nuit nous est toute à nous. Je veux avoir tout mon temps.
— Oh, voilà un joli programme. Alex ?
— Oui ?
— Tu vas pas changer d'avis ? M'abandonner ?
— Non. Je t'appartiens désormais. Corps et âme.
— …
— Enfin si c'est ce que tu désires.
— Je te veux. À moi. Rien qu'à moi. Comme je suis à toi. Rien qu'à toi.

My god ! On expédie le dîner ?

***

Je profite de cet intermède pour me rassasier de sa vue. Enfin pour essayer. Je réalise à quel point elle m'a manqué. À quel point elle a manqué à tous mes sens !

Observer sa frimousse, livre ouvert sur son âme. Entendre sa voix, douce mélodie qui apaise mon cœur. La toucher et sentir la finesse de son épiderme, promesse des délices à venir. Goûter ses lèvres, sa peau, chaque centimètre de sa peau pour brûler de l'intérieur. Et son odeur ! Son odeur qui m'enivre bien plus sûrement que le plus coûteux des parfums ! Nous nous provoquons sans cesse. Une caresse par-ci, un effleurement par-là.

Le dessert englouti, elle se lève. Je l'attrape par la taille au passage. Quelque chose cloche.

— Sam ?
— Je dois débarrasser.
— J'ai une bien meilleure idée.
— Je...

Elle est mal à l'aise d'un coup.

— Dis-moi ce qui ne va pas.
— J'ai peur.
— De quoi ?
— ... de pas être à la hauteur.
— C'est impossible, ma belle.
— C'est-à-dire que... j'ai sous-entendu des choses qui n'étaient pas vraies.
— Quel genre de chose ?
— Du genre... expérience en la matière.
— C'est pas un problème, Sam.
— Je sais que pour toi c'est différent et tu vas me trouver bien fade.

— Stop. Tu as juste loupé un petit détail.

— Lequel ?

— Quand tu m'effleures du bout du doigt, je m'embrase. Quand tu m'embrasses, je me liquéfie. Quand tu m'approches, tous mes sens sont à fleur de peau. Quand tu te colles à moi... tu sauras bientôt ce qui se passe.

Elle rougit sur mes derniers mots. Elle pose sa bouche sur la mienne tendrement. Je joue avec sa lèvre inférieure. Elle s'assied à califourchon sur moi et noue ses bras autour de mon cou. Je me retiens de justesse de caler mes mains directement sur ses fesses. Pas trop vite. Le bas du dos, c'est très bien. Je passe à mon tour sous sa chemise et dessine des arabesques sur sa colonne vertébrale. Elle frissonne. Sur le haut de ses hanches. Elle se cambre. J'effleure son ventre. Elle gémit doucement. Son regard s'ancre dans le mien une demi-seconde. Il se dirige ensuite vers mon décolleté. Je sais ce qu'elle voit à cet instant et je sens son trouble : le pendentif de Julia. Je déglutis. Je crains sa réponse :

— Veux-tu que je l'enlève, Sam ?

Elle pince les lèvres, embarrassée. Elle ne me le dira pas. Je porte mes mains sur le fermoir pour le retirer.

— Attends.

— Je comprends, Sam. Ne t'inquiète pas.

— Est-ce que tu peux m'aimer en le gardant ?

La question est pertinente. Pourtant, je ne me la suis pas posée avant.

— Oui. Je peux t'aimer avec ce pendentif. Il est le symbole d'un attachement du passé. Il n'est pas une entrave pour mon présent. Et toi ?

Son regard me transmet son émotion. Elle le reporte sur le chardon et le caresse de sa main. Quand elle me répond, l'émoi a fait la place à une assurance tranquille :

— Non, il ne me dérange pas. Étrangement, je crois que je serais mal à l'aise si tu l'enlevais.

Cette fois, plus rien ne nous retient. Ses doigts quittent le pendentif pour atteindre ma joue. J'embrasse sa paume en rapprochant son corps du mien. Nos lèvres se rejoignent lentement. Mes mains retrouvent leur place sur son ventre. Elle les retire brusquement, se relève et m'entraîne vers une autre pièce. Avec urgence.

Une chambre, un lit, Sam et moi. Elle est à nouveau hésitante. Le jour n'est pas encore tombé. Je vois son regard sombre, embrasé, inquiet. Je la prends dans mes bras et murmure à son oreille :

— Fais-moi confiance, ma belle. Abandonne-toi. Quoi que tu fasses, ce sera parfait pour moi.

Je scelle mes mots d'un baiser tout en douceur. Puis je descends lentement vers son cou où je parsème une pluie d'étoiles. Ses mains viennent se placer derrière ma nuque tandis qu'elle rejette sa tête en arrière. Je profite du nouvel angle qui m'est offert. Je tire un peu sur son col et je descends dans l'échancrure. Sa respiration s'accélère. Je m'éloigne légèrement pour capter son regard. Alors, je pose mes doigts sur le premier bouton. Elle abaisse ses mains à la base de mon cou. J'ouvre lentement chacun des suivants, lui laissant tout loisir de m'arrêter. En même temps, c'est pas comme si... Mais si, c'est la première fois. Ses paumes ont tracé la ligne de mes épaules, de mes bras pour se poser finalement sur mes hanches. Ma main caresse ensuite sa clavicule droite en passant sous la chemise et rejette l'étoffe au-delà de son épaule. La clavicule gauche subit le même traitement. L'ombre entre nous me laisse deviner un soutien-gorge en dentelle noire. Terriblement sexy. Je ramène ses poignets entre nous pour m'occuper de libérer les boutons de ses manches. Je finis en déposant un baiser dans chaque paume. Je reprends ses lèvres. Je me fais plus exigeante. Juste de quoi faire monter légèrement la température de la pièce. Ma langue trace un chemin jusqu'au lobe de son oreille. Je le mordille, elle tressaille.

Je passe derrière elle. Tout contre elle. L'autre lobe subit le même traitement. En caressant ses bras, je retire sa chemise. Je dépose de petits baisers légers sur sa nuque, le haut de son dos. Elle agrippe l'arrière de ma tête. Je profite d'avoir libre accès sur son buste. Sans me lâcher, elle me fait face. Ses mains reviennent sur mon cou et elle s'occupe de virer ma chemise. Un peu dans l'urgence, un peu maladroitement. Elle s'en agace. Je l'embrasse pendant que mes doigts se baladent à nouveau sur son torse. À travers la fine dentelle, je sens ses seins réagir sous mes caresses. Je m'insinue parfois légèrement sous les bonnets. Elle me laisse faire. Ses mains sont agrippées sur le haut de mes hanches, ses ongles se manifestent par moment. Je glisse un doigt sous une bretelle et la fais descendre lentement.

Elle sourit et me provoque du regard. Oui, j'ai déjà fait cela, mais les circonstances étaient toutes autres. Ses frissons, eux, sont les mêmes. Deuxième bretelle : sa respiration s'accélère. Elle ne sourit plus. D'une geste habile, je défais l'agrafe et le retire. Je pose mes mains à plat sur le haut de ses seins et je descends jusqu'à les prendre en coupe. Enfin, je peux l'admirer à loisir. Sentir l'effet de mes doigts sur elle : frissons, tressaillements, soupirs. Elle esquisse un mouvement pour me libérer à mon tour puis hésite. Je l'encourage tendrement. Je craque devant ses réactions. Elle veut, elle a envie, elle n'ose pas. Elle découvre mes pointes érigées et semble étonnée. Eh oui, ma belle, c'est toi qui me fais cet effet-là !

Emportée par son désir, sa bouche remplace ses mains. Je profite de l'instant, mais le feu qui couve en moi commence à prendre de l'ampleur. Je glisse un doigt sous sa ceinture. En un clin d'œil, son pantalon est ouvert. Je la recule jusqu'au lit et le fais coulisser sur ses cuisses. Elle s'assied. Je le retire. Le mien subit le même sort. Elle n'a plus d'hésitation. J'aime ça. Elle me regarde et descend mon dernier rempart. Fait chaud. Je l'allonge et la débarrasse à mon tour de son ultime entrave. Je m'étends sur elle en prenant appui sur mes bras. Je couvre son corps de baisers ardents. Passant d'une extrême lenteur exacerbant nos sens à une urgence que je contiens tant bien que mal. Je ne veux surtout pas la brusquer ou lui faire peur. Désir et tendresse mêlés dans une folle sarabande. La nuit nous appartient désormais.

***

Je me réveille avec une sensation de bien-être que je pensais avoir oubliée. Elle est collée à moi, un bras au travers de mon corps, tout comme le mien dans son dos, peau contre peau. Enfin. Je regarde l'heure. Huit heures. Je pourrais préparer le petit-déj', mais je n'ai aucune envie de la laisser seule. De perdre son contact, même provisoirement. Elle bouge et ouvre un œil. Je finis de la tirer du sommeil par un tendre baiser.

— Hum… C'est trop bon un réveil comme ça.
— Bonjour, ma belle. Comment ça va ?
— Divinement bien.
— Tu as faim ?
— J'ai faim de toi.
— Oh là. Où est passée la jeune femme timide

d'hier soir ?

— Tu l'as fait grandir à la vitesse grand V.

— Tant que ça ?

— Oui.

— Mais tu rougis encore.

— Vieux réflexe, sans doute. Et toi ?

— Je me sens bien. Vraiment bien.

— Pas déçue ?

— Certainement pas. C'est toi que je veux avec toutes tes facettes.

— Mais tu as été habituée à autre chose.

— Qu'est ce que tu cherches à me dire, ma belle ?

— Je sais que, elle et toi, c'était… hot.

Je ne sais pas comment prendre cette réflexion. Une image me traverse l'esprit :

— Oh ! Tu penses ça à cause du plafond ?

— Entre autres.

— Le plafond, on a testé, mais c'était pas l'essentiel de notre univers. Si ça te fait peur, ce n'est pas un problème. Je le ferai enlever si tu préfères.

— Non. Je… Je suis pas contre tester certaines choses.

— Voilà qui est intéressant.

— Mais pas trop vite, hein !

— Tout ce que tu veux, quand tu veux. J'ai une question.

— Oui ?

— Tu n'as pas réagi hier pour Brooks. Tu te rends compte de ce que cela veut dire ?

—Je sais. Mais ce n'était pas le plus important. Depuis l'église, j'espérais que tu viennes vers moi. Que cet instant ait été aussi magique pour toi que pour moi. Pour la première fois, il n'y avait que toi et moi.

—Je l'ai vécu comme ça également. Mais, je n'étais pas prête à l'accepter. Je comprends vite, mais il faut m'expliquer longtemps.

Un court silence s'interpose. Je la sens hésiter.

—Alex ?

—Oui ?

—Je… Je sais pas comment le dire, mais il faut que je te pose la question.

—Pose-la simplement comme elle te vient.

—On est ensemble ?

—Le temps où je multipliais les nuits torrides avec des filles de passage est révolu. Cette nuit pour moi, c'est le début de notre couple. Tu en doutes ?

—Il y a des mots que tu n'as pas dits.

—C'est vrai. J'ai tendance à penser que les actes sont plus révélateurs que les mots.

—D'accord.

Elle me sourit et se lève. La vision de son corps me fait l'imiter et me coller à elle. Elle se blottit contre moi. Je relève son menton pour capter son attention.

—Je t'aime, Sam. Vraiment. Tu as fait de moi un phénix. À chaque regard que je pose sur toi, je craque. À chaque son qui sort de ta bouche, je suis tiraillée entre le plaisir de ta voix et de tes mots, et l'appel de tes lèvres. Tu es mon présent. J'aimerais que tu sois mon avenir. Cela ne dépend que de ta volonté.

— Tu es mon avenir. Je t'aime, Alex.

***

Elle s'affaire dans la cuisine à présent. Je regarde les passants dehors. Ma main accroche mon pendentif. Julia fera toujours partie de moi. Peut-on aimer deux fois dans une existence ? Aimer vraiment ? Elles sont si différentes. Et pourtant, les deux me sont essentielles. Sam m'a ramenée dans la réalité. Grâce à elle, je peux envisager l'avenir sereinement. Finalement n'est-ce pas cela notre revanche sur la vie, sur ce destin que nous n'avons pas choisi ? Je suis à nouveau capable de prendre soin de mes proches, de les protéger et de leur apporter cette lumière qui illumine les regards. Donner est toujours ce que j'ai fait de mieux. Aujourd'hui, je veux donner à Sam tout ce qu'elle n'a jamais eu : l'amour, la sécurité, le bonheur.

Revenge

-

35809864R00172

Printed in Poland
by Amazon Fulfillment
Poland Sp. z o.o., Wrocław